꽃 피는 것들은 죄다 년이여

꽃 피는 것들은 죄다 년이여

박경희
지음

사람의날씨

엄니와 이부자리에 누워 창밖에 뜬 달을 물끄러미 바라봤다.
달빛이 환하게 엄니 얼굴에 닿았다.

"너는 나 죽으면 어떻게 글 쓰려고 그 지랄로 빼먹는 겨?"
"뭘 빼먹었간? 아직 멀었어."
"멀긴 머시기가 멀어? 처먹을 것 다 처먹어 놓구."
"아직 있다니께."
"시끄런 소리 하덜덜 말어. 내 몸뚱아리도 건사 못하고 왔다리 갔다리 허는디 뭘 빼먹어.”

"나 좀 더 빼먹게 오래 살어. 아빠가 남겨 준 몫까지는 더 살아
야 할 것 아녀!”

"똥 쌀 년 다 보겠네. 하늘이 하는 일을 나보고 우겨 보라고? 니
아비도 그리 허망하게 갔는디 내가 무신 재주가 있어서 오래 살어.
그냥 그렇게 오늘 하루하루를 살다 보믄 가는 날도 있겠지.”

두레박도 던지지 않았는데 엄니의 욕을 들을 때마다 가슴 우물
에서 눈물이 올라온다.

2014, 당신의 뜨거운 여름 안에서 철썩이는,

박경희

차 례

제1부 _ 아가, 고맙다

바꿔 듣는 센스가 짱이여 _ 11
시집가면 다 아는 겨 _ 14
드라마가 밥 먹여 줘? _ 18
아구구구구구! _ 20
모든 것은 한 방 _ 23
돼지 똥 벼락 _ 26
봄이 왔네 _ 32
주둥이를 내밀다 1 _ 36
팩? 패? _ 39
풍년? 니미, 풍년이다! _ 41
주먹 쑥떡 _ 45
찰보동 찰보동 달빛 결을 치며 _ 51

제2부 _ 구신 씻나락 까먹는 소리

년, 년, 년 _ 57
똥도 지대로 못 싸 _ 62
엄마 몸은 엄마 몸이 아녀! _ 67
불구경 중계 _ 74
여자구실 지 구실 _ 78
홍어 좆 _ 81
난 참으로 고운 여잔가 벼 _ 87
이름이 이게 뭐여? _ 93
개똥 같은 봄 _ 97
그냥 냅둬! _ 101
주둥이를 내밀다 2 _ 107
영구 읎다! _ 112
꿈, 꿈이라고? _ 118
진순아! 진순아! _ 123

제3부 누군들 푸르게 울어 보지 않은 사람이 있을까

오장육부가 지대로 돌아간다는 증거여 _ 131

고와서 눈이 다 아프네 _ 135

귀신이 곡할 노릇 _ 137

올케 궁합, 떡 궁합 _ 140

기운 센 천하장사 _ 147

첫눈 _ 150

엄니는 어디로 사라졌을까? _ 158

고드름으로 반짝이던 날 _ 161

누가 불 놨어? _ 163

나쁜 년과 착한 년 사이 _ 168

이건 내 상징이여! _ 172

겨우살이 _ 176

제4부 환장허게 꽃은 피는데

보리 빤스, 쌀 빤스 _ 183

할매 방구, 똥 방구 _ 186

나이는 똥구멍으로 드셨나? _ 189

그게 딸한테 할 소리여? _ 192

업쎄 _ 194

워뗘? 이쁘지? _ 198

꽃향기 _ 201

주산 할매의 다비드상 _ 208

반달 _ 211

쎄 빠지게 쓰믄 읽는 사람도 쎄 빠져 _ 214

아파 봐야 정신 차리지 _ 218

염소 할매, 바지에 똥 싸 부렀네 _ 221

세월 _ 226

제1부

아가,
고맙다

바꿔 듣는 센스가
짱이여

저녁밥 짓는 냄새가 아파트 엘리베이터를 타고 돌아다니고, 밖에서는 비가 창문을 때리다 못해 개 패듯이 내리쳤다. 저녁 잘 드시고 초저녁잠이 많은 관계로 잠시 화투의 거룩한 세계에 빠져 본다며 컴퓨터 앞에 앉으신 엄니. 맞고의 위엄한 세계가 화면에 펼쳐지는 가운데 설전이 벌어졌다.

"어라, 저노무 새끼 내 돈 다 따 처먹네. 그거 다 처먹고 설사나 해라."

"에라, 내가 숨 좀 길게 쉬었기로서니 껍데기가 나가면 어쩌냐."

"저, 저, 저 새끼 저거 이름이 뭐여? 잉? 내가 신고해 버릴 테니께."

"아따, 징그럽게 싸네. 왜 기냥 싸는 겨. 지랄, 똥도 아니고."

"내가 숨을 좀 오래 쉬었기로 낱장이 나가믄 어쩌자는 야그냐."

컴퓨터와 맞고를 치는 게 아니라 맞짱을 뜨는 것인데, 그러다가도 흥얼흥얼 노래가 나올 때가 있다. 맞고 머니를 왕창 벌어들였을 때다. 얼마나 벌었나 슬쩍, 눈 모르게 보면 사천만 원이 넘는다. 야, 대박도 그런 대박이 없고, 로또도 그런 로또가 없다. 동네 아줌마들과 치면 점당 십 원이요, 컴퓨터 맞고를 치면 점당 삼천 원이라. 배짱도 이런 배짱이 없다고 늘어나는 것이 똥배짱인지 한참을 컴퓨터 앞에서 용맹정진 중인 엄니.

"아직도 비가 많이 오냐?"

"응, 왜?"

"아까 전부터 계속 빗소리가 나네."

창밖을 내다보니 비는 잠잠한데, 어찌 엄니 귀에만 빗소리가 들릴까? 두리번거리다가 부엌을 보니 주전자에서 물이 대가리 벗겨지게 끓고 있는 것이 아닌가?

"주전자에 물 끓는 소리가 비 오는 소리로 들리나 보네?"

"아차, 아까 전에 올려 놨는디 다 태워 먹었겠구면. 그런디 느 콧 구녁은 서리태가 들어가 맥혀서 못 맡는 겨? 보리 냄새가 진동하 는구먼."

"그런 엄마는 뭐혀? 아까부터 보리 냄새가 진동을 하는데 콧구멍 에 이상 있는 거 아녀? 그리고 엄마는 보청기 없어도 좋겠네. 물 끓 는 소리를 비 오는 소리로 듣는 걸 보면 바꿔 듣는 센스가 짱이여."

"드런 년, 니년은 어미 골려 먹는 게 좋냐? 이 똥 쌀 년아!"

"좋기만 하겠어, 신나지."

"드런 년."

시집가면
다이는겨

아부지 돌아가신 지 3년. 방구들도 여자들 엉덩이 받치고 있느라 내려앉았을 법한데 꿈쩍도 않는 것 보면 용하다고 덩달아 들썩이다가, 그여 지난겨울에 장판 다 태워 먹고 방바닥이 삐딱하니 내려앉았다.

울 엄니 말씀에 방구들이 무너지는 것은 좆심으로 받쳐 줄 남정네가 없어서란다. 집도 남정네가 있는지 없는지 귀신같이 안단다. 그 말에 일이가 있는지, 삼사가 있는지 알 수 없는 노릇이다. 그렇게 이차저차 날 잡고 아파트로 이사하는 데 걸린 시간이 한 달이다.

남들은 반나절이면 끝나는 이사를 한 달에 걸쳐 한 이유는 이사 가는 집이 같은 동네라 돈이 아깝다는 것! 70만 원이면 오뉴월에 서리 내린다며, 굴러다니기만 해도 감사하게 여겨야 할 내 차에 짐을 조금씩 나눠 실어 놓고는 차 엉덩이 두드리며 '달려라, 달려!' 외치는 것이 아닌가? 아부지 역할을 자처한 터라 군말도 할 수가 없는 처지. 엄니의 맑은 목청과 함께 내 차는 하루에도 몇 번씩 왔다리 갔다리 했다.

그렇게 짐을 조금씩 나눠 모두 옮기는 데 걸린 시간이 한 달이었다. 중간중간에 차보다 내가 퍼질까 겁이 났는지 영양제에 한약까지 달여 주시고, 다 먹으면 뒤도 볼 것 없이 짐을 옮기라는 명령이 떨어졌다.

이사 끝내고 흐뭇하게 베란다 밖의 배경 아닌 배경을 바라보던 엄니가 한참을 꿈쩍도 안 하시더니 가만가만 일어나 여기저기 훑어보고 다니다가 시계 앞에 섰다.

"나 원 참, 여기 올 때도 멀쩡했던 놈들이 왜 이런댜. 이 집 안에 여자 둘이 산다고 깔보는 것도 아니고. 불알 달린 놈들이 셋인디, 그놈들 오면 집이 들썩이는디, 오째 약을 넣어 줘도 꼼짝을 안 혀. 씨불알이 아니라서 그런가."

"씨불알이 뭐여, 씨불알이."

"씨불알이 씨불알이지 뭐여. 시계도 불알이 달린 겨. 그래야 돌아가는 겨. 그거 읆어 봐, 지대로 돌아가나. 천천히 가는 놈도, 빨리

가는 놈도 서로 배 맞대야 하는 벱이여. 니가 아직 몰라서 그려. 시집가면 다 아는 겨."

"끙……."

엄니는 집 안에 남자가 없어 시계를 사도 추 달린 놈만 샀다. 동생들은 제금(딴살림) 내주고 엄니와 나 둘이 살아 계집만 있다면서, 음양의 조화가 맞아야 한다며 남자 기운이 가득한 물건만 사들였다.

드라마가
밥 먹여 줘?

막장 드라마를 볼 때마다 늘 엄니하고 말다툼을 한다. 울 엄니의 흥분은 화산 대폭발의 한 장면 같다. 살면서 바라본 엄니의 모습 속에는 울화통의 크기와 깊이가 보이지 않을 정도다.

"저년 좀 봐! 저 썩을 년! 막장도 이런 막장이 읎다니께. 이건 막창 세기여, 똥구멍이여? 저거 쓴 작가가 년이여, 놈이여? 저런 걸 드라마라고 맹글어 놓고 보라고 하니, 쓰는 연놈이나 보는 나나 미쳤지."
"그럼 보지 마! 왜 보면서 그려!"

"안 보면 뒤가 궁금허니께 그러지."

"처음부터 보지를 말지, 왜 볼 때마다 난리여. 시끄러워 죽겠네."

"뭐가 시끄러워? 너도 나이 먹어 봐. 말이 그냥 튀어나오는가, 심심해서 나오는가. 그리구 드라마 읎으면 내가 무신 재미로 살어? 잉? 니가 텔레비전을 사 줬어, 아님 나하고 놀아 주기를 혀? 아니믄 돈이 많아서 풍풍 쓰고 다니게 하기를 혀? 암 것도 해주는 게 읎으면서 왜 지랄이여."

"엄마는 드라마가 밥 먹여 줘?"

"그려, 이년아! 드라마가 밥 먹여 준다, 왜?"

"아따, 숟가락 젓가락 잘도 들어 주었구먼."

"드런 년, 내 손가락이 바들바들 떨려도 니년한테는 숟가락 들게 안 헐 테니께 걱정하덜덜 말어."

아구구구구구구!

　추석맞이 대공사로 백 년쯤 묵었을 법한 머리카락을 동네 미용
실에서 자르고 파마를 하러 엄니가 문밖을 나섰다. 귀밑머리까지
내려앉은 허연 머리카락을 빗으로 살살 빗다가 영 마음에 걸렸는
지 옷을 주섬주섬 챙겨 입고 나가시는 뒷모습에서 할매의 모습이
보였다. 파릇파릇했던 청춘의 웃음은 그늘 뒤로 가 버리고 영락없
는 할매의 모습이었다.

　한 두어 시간 미용실에 앉아서 까딱까딱 졸다가 돌아온 엄니가
점심을 드시다가 숟가락을 내려놓았다.

"야! 글씨, 머리하고 일어나다가 나도 모르게 내 입을 막았어야."

"왜?"

"음, 내가 일어날 때마다 늘 하는 거 있잖어. '아구구구구', 이거!"

"근데?"

"시상에 미용실에 앉았는디 내가 젤루 막내드라니께. 죄다 팔십 넘은 할매들이여. 오째 그리 정정하신지, 꼬장꼬장 흐트러짐도 없이 앉아서 드라마를 꿰뚫고 계신 겨. 나는 주인공 이름도 다 못 외우는디, 오째 그 냥반들은 어린 아그들 이름까정 외우는지. 뭐 자시고 그리 정정하냐고 했더니, 나 먹는 거 다 먹드라고. 고생은 나보다 더허고. 근디 나는 왜 이 모냥이냐고⋯⋯. 아따, 그런 분들 앞에서 나도 모르게 '아구구구구구'가 나오는 겨. 오치기 혀. 입 틀어막아 부렀지. 내가 그때야 알았당께. 명후 성님 나이가 팔십 줄인디, 노인정만 갔다 오믄 승질을 내더라고. 명후 성님이 지금도 노인정에서 막내여서 끄떡하믄 심부름시킨다고 입을 댓 발 내밀고 다니더구만. 나 아픈 거 생각하고 앓는 소리 냈다가는 안 되겠드라구."

"근데 엄마는 경로당 안 가?"

"내 나이가 몇 갠디 벌써 경로당이여."

"하긴 초등학생이 갈 수는 없지."

"암만. 가 봐야 심부름만 시킬 텐디."

"그럼 여기서 해."

"뭘?"

"심부름. 초등학생이니까 내 심부름은 해야 할 것 아녀. 내가 초

등학교 방과 후 선생님인데, 작은 심부름 정도는 학생이 해 줘야
쓸 것 아녀?"

"아주 가지가지 헌다. 이거나 묵어라!"

아, 엄니의 주먹 쑥떡에 맞아서 그렇잖아도 나온 입이 댓 발은
더 나오고 말았다.

모든 것은
한방

　엄니가 이틀 동안 침대를 친구 삼아 일어나지 못하고 누워 계셨다. 허리도 아프고 몸살도 나고……. 무엇이든 적당히 오면 좋으련만 올 때 한꺼번에 오니 같이 사는 사람은 이래저래 노심초사다.

　무심히 앓고 일어난 엄니가 허리 붙잡고 화장실에 들어가 변기에 앉는데, 갑자기 '빵!' 하고 변기 무너지는 소리가 들리지 않는가! 혹시나 일 보다가 넘어진 것은 아닌지, 순간에 든 생각이 후두두 눈앞으로 떨어졌다.

"엄마!"

화장실 문 앞에 서서 소리를 지르다 이내 들려오는 엄니의 말씀에 가슴을 쓸어내렸다.

"왜? 너도 내 방구 먹고 싶은 겨?"

그렇다. 그 소리는 울 엄니의 똥구멍께서 들려주시는 '모든 것은 한 방'이라는 말씀이다. 이 한 방이 엄니의 배 속을 돌게 하고 허리를 일으켜 세웠으며, 그리하여 자리를 털고 일어나 다시 새로운 날을 맞이하겠다는 소식이다. 한참을 머리도 감고, 화장도 하고, 옷도 곱게 입고, 고고고썽을 보여 주시던 엄니가 다시 침대에 눕는 것이 아닌가.

"뭐여? 할 거 다 하고 다시 누우면 어쩌자는 겨?"
"내가 가만히 누워서 생각해 보니께 내 꼴이 너무 우습잖여. 당체 드런 모습으로는 안 되겄드라고. 내가 가더라도 곱게 가야지, 드런 꼴로 가믄 니가 고생할 거 아녀?"
"뭐여? 이게 무슨 구신 씻나락 까먹는 소리여? 몸살감기 가지고 그게 딸년한테 할 소리여?"
"그러니께 너도 딴생각 하덜덜 말고 그저 너 보듬고 안아 주는 사내 하나 물어 와. 그래야 내가 편히 갈 거 아녀! 나 눈 못 감을 거 같어.”

"그려, 엄마 눈 감지 말라고 나 시집 안 가는 겨. 이제야 내 깊은
뜻을 알았으면 쓸데없는 말 하덜덜 말고 그만 일어나지?”

"저런 똥 쌀 년, 지 어미 말은 귓등으로 듣지? 오째 자식새끼가
하나같이 지대로 귓구녕 뚫린 놈들이 읎어. 이제는 뒷방 늙은이 취
급하는 겨?”

"자꾸 말해 봐야 엄마 입만 아프니께 그만 일어나!”

"저런 똥을 지릴 년!”

돼지
똥벼락

올해 배춧값이 금값이라고, 배추 모종도 장에 나오지 않는다며, 엉덩이 걸친 자리에서 좌로 우로 작달막하게 엄니가 밭을 만들었다. 몸에 부쳐 큰 농사는 못 짓고 그저 건달 농부가 건들건들거리듯 당신 엉덩이 땅에 걸쳐 앉은 만큼 자리를 내었다.

평생 땅뙈기에 화초만 심을 줄 알았지 농사치는 건드리지 않았는데, 아부지 돌아가시고 혼자 울고 있는 땅이 안쓰러워 호미 들고 앉았다. 무엇을 먼저 해야 할지 몰라 언저리만 맴도는 나를 바라보며 엄니가 한마디 던졌다.

"오째 고목처럼 그냥 서 있는 겨! 나무 가징이도 바람에 살랑거리며 일하는디, 오디 넋 빠진 년처럼 있는 겨?"

주섬주섬 호랑(호주머니)에서 손 빼고 광부터 기웃거리다가 구멍 뚫린 벽돌에 꽂아 놓은 곡괭이 들고 밭으로 나가 척, 척 땅을 내리쳤다. 뒤집어져야 할 흙은 천지에 깔렸는데 어째 내리쳐도 돌팍만 내리치는지, 내가 생각해도 재주가 용해서 내가 치고 내가 헛웃음을 지었다.

"밥 처먹고 하는 일이 돈도 안 되는 글인디 심(힘)이 나오기나 허겄어?"

멀뚱거리며 서 있는 내 손에서 곡괭이를 빼앗아 벌겋게 오른 얼굴로 척, 척 내리치는 엄니를 바라봤다. 어디서 그런 힘이 나오는지 알 수가 없고, 근육이라고는 눈 씻고 쳐다봐도 보이지 않는데, 글쎄, 어디서 나타났는지 팔뚝에 그림자가 불끈불끈 올라섰다.

힘들여 곡괭이질해 봐야 거기서 거기고, 딱 똥 싸기 좋게 펴 놓은 자리 하나 만들겠다고 내 주둥이를 신작로까지 나오게 만들어 신이 나느냐고 물었다. 그러자 울 엄니 하시는 말씀!

"넘 허벅지 긁는 소리 작작 허고, 이거 하기 싫으믄 광에 가서 돼지 똥이나 퍼 와! 웬 잔소리를 이빨 빠지게 하는 겨."

내가 아무리 똥에 관한 글과 이야기를 아무렇지 않게 쓰고 말한다지만, 신경질이 성주산 꼭대기까지 올라가 있는 와중에 돼지 똥이나 퍼 오라니 기가 막히고 코가 막혔다. 환절기라 알레르기 비염으로 콧구멍이 제자리 돌아오기까지 상당한 시간이 필요한데, 기회도 주지 않고 내리꽂아 버린다. 입 구멍이라도 있어 다행이라고, 이럴 때 숨 쉬라고 조물주가 뚫어 주신 거라며 구시렁구시렁 대문 안으로 들어섰다.

해가 딸꾹딸꾹 서해 바닷물을 마시는 시간이라 진순이가 밥 달라고 짖었다. 저년은 밥을 줘도 짖고 안 줘도 짖는다고 통박을 내리치다가, 밭두둑 살살 다루는 엄니가 배추 모종을 하나씩 놓는 것을 보았다. 시간 가는 줄 모르고 세월아 네월아 무슨 어여쁜 남정네 얼굴 만지작거리는 것도 아니고, 느리기로는 거북이 뺨을 후려칠 정도여서 좀 빨리 심으라고 한마디 던졌다.

"그리 놓으면 커서 서로 부대끼잖아. 듬성듬성 심어. 엄마는 엄마 머리카락마냥 듬성듬성 심어야지, 오째 빽빽하게 심어? 그리고 거울 좀 보고 살어. 얼굴이 그게 뭐여. 검버섯이 펴서 바구니 들고 끊으러 가야 할 것 같구만. 아빠 돌아가시고 나서 얼굴이 십 년은 더 먹어 보인당게."

가만히 배추 모종 심던 엄니가 내 얘기를 듣더니 옆에 있던 돼지 똥을 집어 던졌다. 그리고는 누가 있건 없건 아무 상관도 아니하고 냅다 소리를 지르는데, 하마터면 빤스에 오줌을 지릴 뻔했다.

"야, 이년아! 이거 니가 다 심어, 잉? 나 안 혀. 그렇게 잘났으믄 나가 살지, 왜 옆댕이에 붙어살면서 지랄이여. 오째 그리 말이 많어. 주둥이가 나와서 그려, 시방? 내가 니 아부지 하는 걸 못 본 것도 아니고, 내가 알어서 심는디 왜 지랄이여? 그라구 내 얼굴이 워떠서 지랄이여? 너보다는 고와. 너는 나이 사십 처먹더니 얼굴은 시커멓고 주름은 내려앉는디, 그건 어쩔 겨? 잉? 나는 시집와서 너 같은 새끼 낳어서 먹국이라도 먹었어. 너는 나만큼도 못허면서 지랄이여? 나이 처먹을 만큼 먹었으면 도리라는 것을 해야지, 오째 그런 겨? 도리라도 못허믄 주둥이 닥치고 조용히 앉어서 주는 밥이나 먹을 일이지 왜 쫓아와서 난리여, 난리긴! 똥 쌀 년이 똥 안 싸고 왜 나와서 지랄이냐구!"

아, 옆에 서 있다가 쪽도 못 서고 엄니가 집어 던진 돼지 똥만 옴팡 뒤집어써 버렸다. 냄새야 시간이 지나면 사그라지겠지만, 아, 어쩌란 말인가, 이 아픈 마음을……. 당신 생각해서 작업실 정리하고 들어와 방구들 무너지게 방구 끼면서 사는데, 오째 내 마음은 이리도 몰라주는지. 서글픈 마음에 괜스레 진순이 대가리를 때리며 대문 안으로 들어섰다. 순간 뭔가 서늘한 느낌에 식은땀을 닦아 내리는데, 뒤에서 엄니의 목소리가 거친 파도처럼 철썩였다.

"지가 밭을 알면 얼매나 안다고 지랄이여, 지랄이. 이것들도 복잡복잡 부대껴야 서로 빨리 크는디. 그놈들 큰 순서대로 솎아 주면 되는디. 에잇, 이 냥반 살았을 때 듣던 잔소리를 저년한테 듣네. 그 잔소리 읎이 사나 했더니만, 그 피가 오디 가겄어. 오디 가서 서방질은 못헌다니께. 저년이 내가 서방 먼저 보냈다고 지랄하는 겨, 시방? 잉? 씨부랄, 돼지 똥을 다 뿌려 버려 버릴라."

아무 말도 못 하고 부엌으로 들어가 엄니가 좋아하는 시금치 된장국을 끓였다. 배추 모종 다 심고 들어온 엄니는 국 속에서 뒹굴어 다니는 시금치를 시원스레 후루룩 드시곤 아무 일도 없었다는 듯이 한 그릇을 더 청했다.

별을 궁굴리는 엄니의 욕이 내 안에서 뜨겁게 달아올랐다.

봄이
왔네

굴뚝새가 꼬리를 쫑쫑 터는 담벼락 아래서 밭을 뒤엎었다. 일만 하려면 통박 잘 주던 아부지가 저승길 가시면서 엄니가 통박에 면박이 늘었다.

봄볕이 그득하게 밭모퉁이로 들이치자 엄니가 씨앗 바구니 옆구리에 끼고 광을 뒤적거리다가 대문 밖으로 나갔다. 살짝 곁눈질로 들여다보니 땅콩, 쑥갓, 구절초, 열무 씨앗이 들려 있다. 모두 때가 있는 법인데 그리 한꺼번에 심으면 제대로 날까 싶은 생각이 들었다. 어찌 알았는지 엄니가 한마디 던졌다.

"고만 구시렁거리고, 가서 호미나 가져와."

"헉, 어떻게 알았어?"

"내가 널 낳았는디 니 속을 모르겠냐."

"새끼 속은 소라게도 모른다더만 참말로 대단혀."

"마른 명태 아가리 벌린 것맹키로 입 벌리지 말고 닫어."

구멍 난 담벽에 걸어 둔 호미를 꺼내 들고는 뒷짐 쥐고 걸어가는 엄니 뒤를 따랐다. 굽은 허리로 내리쬐는 햇살이 귀찮은 듯 등을 쭉 펴고 하늘 한번 쳐다보다가 다시 밭 끄트머리를 바라봤다. 새 한 마리가 부리로 땅을 한 번 쪼고 주위 한 번 둘러보았다. 아부지 살아생전에는 논밭에 나오지 않던 분이 어디서 힘이 났는지 늘 밭으로 나왔다. 나가기 귀찮은 나는 투정도 부려 보고 짜증을 내 봐도 늘 벽에 부딪혔다.

엄니에게는 아부지가 아주 큰 기둥이었다. 몸이 약한 엄니가 감당하기에는 부쳐 먹는 논과 밭은 아주 힘든 것이었다. 그림자처럼 따라다니는 신경성 어지럼증은 거짓말처럼 순식간에 찾아들었다. 반나절 일하고 사흘을 꼼짝하지 못하고 앓았다. 아부지는 엄니의 증세를 알았기에 논과 밭에 나오지 못하게 했다. 젊어 고생은 사서도 한다는 말은 울 엄니에게는 통하지 않았다. 젊어서 고생을 호되게 해서 늘그막에 병을 달고 산다고, 나보고는 그렇게 살지 말라고 했다.

그랬던 엄니가 왜 아픈 허리를 붙잡고 눈만 뜨면 밭으로 나가는지 알 수 없었다. 그렇게 여러 날을 보내다가 내가 허리가 아파서 못 나간다고 구시렁거렸다.

"어째 아빠 살아 있을 때는 한 번도 밭에 나가지 않더니. 늘그막에 편히 살지, 왜 그래?"

"뭐가? 나오기 싫으면 나오지 마. 누가 나오라 했다고 아침부터 지랄이여?"

"엄마도 밤새 끙끙대면서 앓더구만. 그깟 주먹만 한 밭 좀 놀리면 어때서 굳이 나가 땅을 파야 해?"

"말 못 하고 죽은 구신이 붙었나, 방언이 터졌나. 왜 자꾸 지랄이여! 모가지 빼고 주둥아리 나불거리니 새벽이 와도 온 줄 모르지? 오줌 찔끔거려도 그것이 오줌 지린 것인지, 침 튀긴 것인지 모르지, 잉? 시계불알이 지 불알인지, 넘 불알인지 정신이 왔다 갔다 허지? 그러니께 이렇게 지랄이지. 안 그러면 해장부터 지 어미한테 지랄허겠어!"

한 마디 했다가 열 마디를 들어야 하는 내 심정은 있는 대로 무너지고, 입은 댓 발 나와서 엄니 뒤를 따라가는 내내 흙을 발로 찼다. 그때 엄니의 숨죽이는 목소리가 들렸다.

"이 냥반이 땅을 얼매나 사랑했는디……."

아따, 감나무에 참새 떼가 호되게 지랄하는 통에 뒷말은 듣지도 못하고 엄한 흙만 내 신발 끝에서 부서졌다. 엄니 옆에서 밭을 일구고 만드는 동안 한참 불어 대던 바람이 잠잠해졌다.

"엄마, 땅콩을 왜 이리 많이 심어?"
"둔정거리지 말고, 하기 싫으면 들어가 그 잘난 글이나 써!"
"엄마, 구절초는 언덕에 심어야지 밭에 심어?"
"쓰잘데기 읎는 소리는 똥수간에 내불고 쑥갓이나 심어!"
"엄마, 쑥갓은 줄뿌림해야 하는데……."
"주둥이 다물라니까 입이 나와서 안 다물어지지? 에라이, 이거나 처먹어라!"

내 얼굴에 대고 뀐 방귀 냄새가 얼마나 독하던지, 한참을 혼미해진 정신이 돌아올 생각도 아니하고 어안이 벙벙하여 이것이 호미인지, 곡괭이인지 헷갈리는 지경까지 오고 갔다. 부부가 오래 살면 닮는다지만, 닮을 걸 닮아야지, 방귀 냄새까지 닮아서 딸내미한테 정통으로 주는 것이다. 이를 참으로 감사하게 받아 모셔야 하는 것도 아니고, 그렇다고 더럽다며 소리를 지를 것도 아니어서, 그저 가는 봄날에 소소한 엄니의 그리움이라고 애써 말도 안 되게 써 본다.
　며느리도 안 준다는 봄볕을 내 얼굴 가득 무더기로 내려 준다고 구시렁거리다가 발 헛디뎌 돼지거름 옴팡지게 머리 위에 뒤집어쓴 날이다.

주둥이를
내밀다 1

겨울 볕이 들기 전 봄이 잠깐 온다. 그 사이사이로 쑥, 냉이, 광대나물, 아기별꽃, 나싱개(냉이)가 앞뒤 가리지 않고 쭉쭉 올라온다. 꽃도 그냥 멀찌감치 바라만 보지 않는데, 벚꽃도 개나리도 서두르지 않으면 큰일이 일어나는 것처럼 주둥이를 내민다.

사이에 긴 계절 끄트머리에 동네 아주머니 댁에 놀러 갔다. 여기저기 피어오른 게 배추고, 무이며, 갓이었다. 서걱거리는 울 엄니의 무르팍처럼 바람도 좀처럼 멈추지 않았다.

"뭐하냐? 거, 개집 옆으로 돌면 어덕(언덕) 있는디, 거그에 달래 얼매나 컸는지 보고 와 봐."

이맘때 오르는 것이 달래다. 헌데 야생 달래는 곱게 '나 여기 있소!' 하고 자라지 않는다. 넝쿨이 여기저기 있고 가시가 있는 나무 밑이나 개울가, 또는 풀덤불 속에서 자란다. 야생 달래를 뿌리까지 곱게 모셔 오기가 여간 힘든 게 아니다. 그런 달래를 마른 풀 우거진 곳으로 들어가 보고 오라니. 구시렁구시렁 개 풀 뜯어 먹는 소리를 하면서 언덕 쪽으로 가다가 엉덩이 한 번 찧어 주고, 신발에 도꼬마리를 여러 마리 달려들게 하고.
둘러보니 자라긴 자랐는데 이걸 뽑아야 하는지, 말아야 하는지 잠시 갈등하다가 소리를 질렀다.

"이제 머리 풀기 시작했는데? 오째, 뽑아 와?"

어지간하면 목소리 죽이고 지내려 했지만 쉽지만은 않은 노릇이다. 헝클어진 머리에 도꼬마리와 도깨비바늘로 뒤집어쓴 모습이 가관인지라 성질이 그냥 있는 대로 뻗쳐올랐다. 그러나 내 목소리보다 한 단계 높은 소프라노 격을 갖춘 엄니께서 냅다 지르는 말씀이 마른 가시보다 따가웠다.

"느 머리가 허리까지 닿는디, 그걸 달래하고 비교하고 자빠졌냐?"

"말이 그렇다는 거지."

"말은 자고로 '아' 다르고 '어' 다른 겨. 오째 그것도 분간 못혀. 저런 게 글 쓴다고 앉아서 엉덩이만 키우니……."

"내 엉덩이를 엄마가 키워 줬어? 왜 그려?"

"그려, 내가 키웠다. 내 배 뒤집어 까고 나와서 내가 키웠다! 왜?"

"엄한 소리 그만하고, 어쩔 겨? 뽑아, 말어?"

"냅둬! 대가리가 굵어야지, 머리만 너풀거리면 맛도 읎으니께."

아무 일도 없었다는 듯이 순간 조용해지더니 진순이만 산이 울리게 컹컹 짖어 댔다. 괜스레 풀섶에 들어갔다가 아무것도 못 건지고 나오는 내 속도 속이 아닌지라, 하필이면 어제 산 점퍼까지 찢어졌다. 감출 수 없는 내 주둥이가 대번에 신작로로까지 길게 나왔다.

팩?
패?

"엄마야!"
"왜, 왜? 무슨 일이여?"

아닌 밤중에 홍두깨라고, 엄니가 소리를 질렀다. 자다 말고 깜짝
놀라서 이불을 걷어차고 일어나 엄니를 붙잡았다. 그런데 엄니가
붙잡은 내 손을 뿌리치며 고함을 치는 것이 아닌가? 왜? 뭐 때문
에? 깜짝 놀라 엄마를 바라봤다.

"이게 미쳤나. 왜 오밤중에 그걸 뒤집어쓰고 있는 겨?"

"내가 뭘 뒤집어썼다고 그래?"

"얼굴에 쓴 게 뭐여? 구신도 아니고. 화장실 갔다 오다가 놀라 자
빠질 뻔했네."

그때서야 얼굴에 붙인 수면 마스크 팩이 생각났다. 자다 보면 얼
굴에 흡수돼서 자연적으로 촉촉해진다는 마술 같은 팩! 그렇다고
하루아침에 호박이 수박 될 일은 없고, 그냥 수박이 될 거라는 마
음 자세로 받들어 모신 팩인데, 이리 오밤중에 일이 터질 줄이야.

"오밤중에 간뎅이 떨어지는 줄 알았네. 이제 헐 짓이 읎어서 니
어미 놀라 자빠지게 하고 싶냐?"

"우하하하, 미안해."

"드런 년, 이걸 확 패 버릴 수도 읎고."

이불 덮은 지 10분쯤 흘렀나. 코 고는 소리가 요란한 방 안에서
얼굴 토닥이며 달빛 한 몸에 받는 마법에 걸린 밤이었다.

풍년?
니미, 풍년이다!

꽃게가 풍년이라는 소리를 등에 업고 부슬부슬 내리는 빗속을 뚫으며 어항으로 달렸다. 비는 오고, 해무는 끼고, 바람은 불고.

어항에 갈 때마다 느낌이 다르게 온다. 어느 때는 비릿함으로, 또 어느 때는 막막함으로 온다. 물길 털고 가는 배를 보면 쓸쓸함이 파도를 끌고 오고, 바닷속을 빤히 들여다보고 있으면 푸른 소용돌이 속으로 빨려 들어갈 듯하다. 고깃배의 집어등으로 흔들릴 때도 있고, 바람 불어 달리지 못하는 길성호의 깃발로 나부낄 때도 있다.

바람길 사나워 나가지 못하는 배를 붙잡고 있는 등대의 바람벽도 차갑다. 때론 시큼털털한 이야기를 던지는 아줌마들의 걸쭉한 농담 속에서 놀기도 하다가 배때기 드러내며 누워 있는 고기들의 허연 얼굴을 만나기도 한다.

어판장에 들어가자 꽃게가 허옇게 배때기를 내밀고 누워 있었다. 까딱까딱 발만 움직이다가 바람 잦아드는 속도로 둔해지더니 그대로 누워 버렸다. 등딱지와의 거리가 이다지도 멀 줄이야. 눈 감은 꽃게도 뒤집어지기만을 바랐을지도 모를 일이다.

내 발보다 앞서 엄니가 척척 아는 곳이 있는 것마냥 가시다가 두 번째 창고 앞에 서서 바다를 쳐다봤다. 그리고는 널브러진 꽃게를 한 번 더 쳐다보고, 다시 바다를 한 번 쳐다봤다.

"킬로당 얼마요?"

"킬로에 사천 원이에요."

"잉? 왜 그렇게 싼 겨? 이것들 입에 거품 문 놈만 잡아들인 거 아녀? 옆 바다가 중국이라더만, 그곳에서 잡은 거 아녀?"

이게 무슨 말인가. 꽃게 금이 싸도 난리고, 비싸도 난리. 멀뚱멀뚱 엄니를 바라보는 아줌마는 왜 하필 결혼 이주민 여성인 중국분이 란 말인가. 이러지도 못하고 저러지도 못하는데, 서둘러 말을 맺어 버려야 한다는 생각에 던진 한마디가 찢어진 깃발처럼 나부꼈다.

"엄마, 왜 그래? 싸도 그려?"

"암 소리 말어. 열 뻗치니께."

"……."

내 목소리만 들으면 열이 뻗친다는 얘기인지, 아니면 속이 이미 뒤집어진 상태인지 어떤 기척이라도 줘야지, 냉큼 던진 말을 9회 말 투아웃에 삼진 먹이는 것마냥 거리낌 없이 착착 던지시니, 받는 사람은 손이 얼얼하고 어안은 벙벙하여 민망함이 비린내로 다가왔다. 우리말을 잘 못 알아듣는 아줌마들한테 사투리를 꼬박꼬박 섞어 가면서 말씀하시는 감각이 아주 뛰어난 엄니는 연륜을 통한 통한의 세월을 보냈기에 가능한 일이라고 생각했다.

나무 상자에 묵직한 꽃게를 주섬주섬 골라 담는데, 옆에 서 있던 아줌마가 그러면 안 된다고 재차 손을 흔들었다. 그 손짓이 무안하게 '달려라! 길성호의 깃발'이고, 눈 끝에 간댕간댕 달라붙는 갈매기의 날갯짓이라, 보는 사람도 무안하고 거시기해서 엄니 곁에서 멀찌감치 떨어져 있었다.

한참 꽃게를 고르던 엄니가 차를 가져오라고 손짓을 했다. 순간 정말 눈 깜짝할 새 꽃게 한 마리를 봉다리에 쑥 집어넣는 것이 아닌가. 스스로 이건 덤이라고, 중국에는 없어도 한국에는 있다며 흐뭇해하시다가도 인상을 박박 썼다. 싼값으로 무지막지 사들인 꽃게를 싣고 달리는 차 안에서 엄니는 바다만 바라보는 녹슨 닻처럼 씩씩거렸다.

"이런 썩을 것들, 내가 속았구만. 얼매나 해 처먹은 겨."

"왜? 싸게 잘 샀는데 왜 그래?"

"엊그제 장날에, 글씨, 지금 산 놈보다도 적은데도 이 미친것들이 킬로에 만 천 원을 받았어야. 이런 씨부랄 놈들, 내가 2kg이나 샀는디 말여. 내 돈 그리 처먹고 배 터질 겨."

"꼭 욕을 하지. 대천 장날에 나오려면 기름값이 얼마여. 이것저것 포함해서 파는 건데 어쩌겄어. 품삯은 나와야지."

"품삯 좋아하시네. 그럼 여그 배 지름값은 워쩔 겨, 잉?"

"이래저래 풍년이라 그래."

아, 엄니의 셈법이 이리 빠를 줄이야. 사실 엄니의 특기가 무엇이든 상한가를 때릴 때 산다는 것인데, 그걸 엄니는 모른다.

"풍년? 니미, 풍년이다! 엿 먹어라!"

주먹 쑥떡을 날리고도 열받아 씩씩거리는 엄니를 모른 척하고 슬쩍슬쩍 웃었다. 큰 소리로 깔깔대고 웃다가는 뒤통수 한 대 맞을 듯하여 아무 소리도 안 하고 집으로 달렸다.

주먹 쑥떡

1. 욕도 차례가 있어

울 엄니와 드라마를 보는 중이었다. 어떤 장면에서 엄니를 보면 그 딸을 안다고, 엄니의 모든 것을 배우는 게 딸이라 했다. 이 말을 듣고 앞뒤 가리지 않은 채 엄니에게 한마디 던졌다.

"나는 엄마한테 배운 게 욕이네."

구시화문口是禍門이라 했던가. 아차, 이 말을 하려고 했던 것이 아닌데. 이미 발포한 말을 되돌릴 수는 없는 노릇이고, 이리저리 묵은 눈치만 봤다. 묵언을 일 순위로 뽑는 내가 왜 하필이면 이기지도 못할 엄니 앞에서만 이리 기를 쓰고 박박 기어오르려 하는지 알 수가 없다.

"그려? 그럼 내가 한 욕을 차례로 대 봐?"
"그걸 어떻게 차례로 대? 입에 담기도 거시기하구만."
"그것도 모르믄서 뭘 배워? 자고로 배움은 차례를 알아야 하는 겨. 그것도 모르믄서 안다고 지랄이여, 지랄이."
"지랄은 알어. 똥 쌀 년도. 아, 드런 년도……."
"그것만 있간? 씨불알은 왜 빼나?"
"씨불알이 뭐여? 씨부랄이지."
"오매, 이년 좀 보게. 니가 오디서 나왔는디? 씨불알에서 나왔어. 하여튼 대가리에 충만하게 든 것들은 자랑질을 일삼는다고, 니년도 마찬가지여."

2. 별도 봤다가 달도 봤다가

변비 없이 산 지가 몇 십 년인데, 여러 날 변도 못 보고 화장실 문짝만 열었다 닫았다, 밤새 들락날락, 이불 들썩들썩, 똥구멍에 힘주고 오물오물거렸다. 엉덩이 주물러 주면 똥이 가볍고 길게 나올 거라는 엄니의 은총 같은 말씀을 믿으며 앉으나 서나, 누우나 달리나 엉덩이만 주물럭거렸다. 민망함이 어디 있을까. 똥 못 싸는 고통은 이루 말할 수 없어 어디다가 말 못 하고 혼자 끙끙 속앓이만 해댔다.

그럼에도 오라는 신호는 오지 않고 빵빵하게 배만 불러 왔다. 될 수 있으면 자연 치유적인 방법으로다가 내 힘을 통해 밖으로 내보내고 싶었지만, 그것도 쉽지 않은 것 같아 변기의 힘을 빌리기로 했다.

한참 동안 변기 물총을 오지게 맞았더니 똥구멍이 팅팅 불었다. 그래도 빠질 건 빠지지도 않고 염소 똥마냥 찔끔찔끔이다. 똥구멍이 불으면 나올 것도 안 나오는데 공연히 힘을 주다가 끙, 끙 앓는 소리만 화장실 안을 맴돌았다.

"여적 안 나오는 겨?"

"엄마, 나 죽겠어."

"방법이 있긴 헌디…….”

"뭔데? 드러운 거면 안 해."

"약간 드럽긴 혀!"

"안 해. 근데 뭔데?"

"안 한다믄서 왜 궁금허냐?"

고개 바짝 쳐들고 화장실 문 열린 틈으로 엄니의 오물거리는 입술을 빤히 바라봤다.

"내가 너 배 속에 가지고 있을 때 변비가 왔는디, 글씨, 일주일을 못 싸니께 눈앞이 노랗게 변하더니, 열흘이 넘으니께 헛것이 뵈드라고. 어쩌겄어, 다 죽게 생겼는디. 니 아부지가 나를 엎어 놓더니 똥구멍을 넓혀 꼬챙이로 파드라고. 아따, 그때 난 곱디고운 새색시였는디도 니 아부지한테 구멍이란 구멍은 죄다 보여 줬으니……. 근디 눈깔이 뒤집어져 버렸으니 뵈는 게 오디 있어. 부끄러움도 읇고, 민망함도 읇고, 환장만 허겄드라고. 무신 석탄을 캐는 것도 아닌데 돌팍 두드리는 소리가 나드라고. 나 죽는다고 소리소리 질렀지. 아, 글씨, 어느 순간 펑 뚫리는 거라. 아따, 시상에, 변소에서 얼마나 쏟았나. 별도 봤다가 달도 봤다가……. 한참을 있다가 나왔는디, 시상에 그제서야 니 아부지 잘생긴 얼굴이 지대로 보이드라니께. 그러니께 엎드려 봐! 내가 꼬챙이 가져와서 파 줄 테니께."

3. 동그랑땡?

막내 내외가 오랜만에 집에 왔다. 살다 보면 서로 가까워도 얼굴 보는 일이 쉽지 않다. 이차저차 대화를 나누다 보면 이 속이나 그 속이나 광천 황새기 젓갈처럼 힘 하나 없이 축축 늘어진다는 것이다. 헌데 막내 내외가 오랜만에 나를 보며 기분 좋게 첫마디를 날렸다.

"누나! 음, 뭔가 달라지긴 달라졌는데, 뭐지?"

"그치? 언니 얼굴 달라졌네. 살도 빠진 것 같고, 좀 예뻐진 것 같아."

살도 빠진 상태에서 예뻐졌다는 얘기까지 덤으로 들으면 '얼쑤, 지화자!'가 저절로 날아올 것이나, 역시 한국 사람 말은 끝까지 들어 봐야 안다.

"누나, 진짜 뭐가 달라졌는데……. 음, 얼굴이 좀 더 동그래진 것 같아. 예전에는 좀 찌그러진 보름달이었는데, 지금은 동그랑땡이네."

아무 거리낌 없이 상하와 좌우도 살피지 아니하고, 서슬 퍼런 내 눈빛을 제대로 응시도 않고, 이 새끼가 오랜만에 와서 지 누나보고 하는 말이 동그랑땡이라니……. 올케가 있어서 말도 못 하고 커피잔을 들고 있는 손이 바들바들 떨리기만 했다.
막냇동생 얼굴이 길어서 어릴 때부터 말이란 별명으로 불렸다. 동생 결혼 전에 아무한테도 말하지 않겠다고 약속한 관계로 입속에서 뱅뱅 돌고 있는 한마디를 내뱉지 못했다. 처량한 내 신세만 애처롭게 부르다가 현관문 열고 떠난 동생 뒤에 대고 주먹 쑥떡 날려 주는 날이었다.

찰보동 찰보동
달빛 결을 치며

한밤중 잠든 귓가에 들리는 소리.

"고마워, 늘 내 옆에 있어 줘서. 미안하기도 하고."

이게 무슨 소리인가? 울 엄니는 지금 누구한테 애달픈 소리를
하고 있는 걸까?
아부지 돌아가시고 혼자 살게 된 엄니와 둥지를 함께 튼 건 일

년 전의 일이다. 엄니는 당장 아부지의 빈자리를 못 견뎌 했다. 그리 잠이 많으신 분이 한 달 동안 잠을 잘 들지 못했다. 밤이건 낮이건 새벽이건 한숨이 그림자로 따라다녔다. 눈물로 노 저으며 저승길 가고자 한참을 울기도 했다. 바닷가에서 나 버리고 간 사람 다시는 안 찾을 거라고 묵은 소리를 던지면서도 아부지 향한 그리움을 부엌 구석에서 둥둥 울렸다.

옆에 누워 계신 엄니의 목소리를 눈도 뜨지 못한 채로 들었다. 가만히 엄니의 목소리를 듣자 하니 몸이 왜 그리 움직이라고 성화인지, 발가락을 꼼지락거려도 그때뿐이었다. 내 뒤척임을 엄니가 눈치챌까 봐 조심조심.

아부지 이부자리에서는 엄니가, 엄니 자리에서는 내가 서로 마주 보고 코를 곤다. 서로 적당한 거리를 두고 이 삶과 저 삶을 오고 간다. 아부지에 대한 예의라 할까, 그렇게 보내 드리고 나는 엄니와 함께하기로 했다. 홀로 남은 엄니와 혼자 사는 나. 모녀 사이에서 벗어나 여자 대 여자 그대로 받아들이기로 한 것이다.

그렇게 저렇게 일 년이라는 시간을 보내면서 엄니는 차츰 시간에 익숙해져 갔다. 가끔 아부지를 놓기도 하고 잊어버리기도 했다. 시간은 못물에 비친 별처럼 반짝거리다가 스러져 버렸다. 이제 내 머리맡에는 자리끼처럼 울 엄니의 구시렁거리는 소리가 찰보동 찰보동 달빛 결을 치며 다가왔다.

"너 없었으믄 지금 이렇게 웃기나 했을까 모르겠다. 아비 몫까지

하느라 욕보는디, 아가, 고맙다."

  어둠 속 그 누구도 아니고 자는 척하는 내게 조용히 이야기하는 것이 분명했다. 아, 꼼지락거리라고 마음의 대문을 두드리는 주먹질이 멈추었다. 순간 숨까지 멈춰 버렸다. 나도 살고 싶었기에 엄니 곁으로 왔을 뿐, 그 이상도 이하도 아니었다.

  이별은 늘 갑작스럽게 오고 갑작스럽게 빈자리만 만들어 놓는다. 만들어진 빈자리에는 아무것도 없고 나 자신만의 생각 속에서 울고 웃을 뿐이다. 아무 말씀 없이 떠난 아부지에 대한 안타까움과 그리움이 깜깜하게 다가올 때도 있다. 아부지의 얼굴과 목소리도 점점 희미해져 간다.

  시간은 상처 난 자리에 바르면 상처를 아물게 하고, 기억을 아스라하게 흑백으로 돌려놓는다. 내게 아부지가 있었을까? 내게 아부지는 있었다. 분명한 것은 기억 속에 흑백으로 엷어진다는 사실이다.

  한밤중 또다시 엄니의 목소리가 들린다. 달을 차며 건너가는 별을 건드리는 일을 빠짐없이 하고 있는 엄니가 오늘도 한숨으로 날을 샌다.

년, 년, 년

1. 드런 년

하늘은 높고 구름은 띄엄띄엄이라, 추운 줄 모르고 대문 밖을 나섰다가 볼을 에는 바람에 온몸이 화들짝 놀라 방 안으로 기어들어 왔다. 커피 한잔 마시며 텔레비전을 보다가, 컴퓨터 고스톱 세계에 빠져 똥광 권법을 휘두르고 계신 엄니에게 참말로 쓸쓸하게 한 말씀 던졌다.

"날 추우니까 연애하고 싶네."

"누가? 니가?"

"그럼 엄마가 할 겨?"

"듣던 중 반가운 소리네. 근디 오디 사램은 있는 겨?"

"아니. 근데 해 보고 싶네."

"야, 사람 다 됐네."

"언젠 사람 아니었간?"

"넌 사람 아니었잖어."

"그래서 맨국에 마늘만 잔뜩 넣어서 멕인 겨?"

"아따, 눈치 한번 겁나게 빠르구만."

"나 사람 안 될 겨. 그냥 주는 밥이나 먹지, 뭐."

"역시 넌 드런 년이여."

똥 쌍피가 날아다니는 고스톱의 세계에 올인한 듯하면서도 어찌
나 내 얘기에 쿵짝을 잘 맞추어 말씀하시는지. 늘 깨끗이 씻어도 결
코 깨끗해질 수 없는 나는 울 엄니의 드런 년이라는 거!

2. 나쁜 년

채널을 여기저기 돌려도 볼 만한 것은 없고, 컴퓨터로 고스톱의
화려한 세계에나 빠져 볼까 생각했다가, 엄니가 화려한 장미 아이

디로 상대방을 유혹하고 계시는 중이라 그 자리를 차지할 엄두도
나지 않고 해서, 결국 선택한 것은 만화 〈명탐정 코난〉이었다. 코난
도일을 사랑한 고등학생 탐정 남도일이 검은 조직의 마수에 걸려
아이로 작아지면서 펼쳐지는 스펙터클 서스펜스 추리 만화로, 한
번 빠져들면 나오기 힘든 요상한 매력이 있다. 해서 눈을 부릅뜨고
만화의 세계에 빠져 있는데, 화장실을 다녀오던 엄니가 나를 빤히
바라보는 것이 아닌가.

"너는 나이가 몇 갠디 또 만화를 보고 자빠졌냐?"
"볼 게 없어."
"시상 돌아가는 소리라도 들어야지, 오째 앉았다 허믄 만화여?"
"만화의 세계는 이 세상하고는 차원이 달라."
"니년의 세상은 죄다 만화여. 그라구 손에 뽄드를 발랐나, 리모컨
을 한번 잡았다 허믄 놓지를 않어."
"어? 엄마 대단하네. 어찌 알았대, 내 손에 본드 바른 줄을?"
"나쁜 년, 끄떡하믄 지 어미 놀려 먹지? 빨랑 내놔! 뉴스 좀 보게."
"아, 낼모레 장날이니께 거기 가서 들어."
"지랄허지 말고, 내 텔레비전이니께 내놔! 아니꼬우믄 너도 텔
레비전 사든가."

그렇게 한마디 얻어먹고, 리모컨 빼앗기고, 〈명탐정 코난〉도 못
보고 아, 나이 마흔에 시집도 안 가고 과부 엄니와 함께 사는 일

은 어지간한 것들은 내 것이 없다는 의미이니, 그저 옆에 있는 것들에게 감사함을!

3. 똥을 지릴 년

새벽 1시. 초저녁잠이 많은 엄니가 주무시지 않고 뒤척였다. 온종일 아픈 허리 끌고 다니느라 욕봤을 터인데, 이리 뒤척이니 무슨 걱정거리가 있지나 않은가 싶어 살며시 이불을 끌어다 올리며 물었다.

"왜? 잠이 안 와?"
"응, 이상허게 잠이 안 오시네."
"무슨 일 있간?"
"내 신상이 최고로 편한디 무슨 일이 있겠어."
"근디 왜 잠이 안 와?"
"내가 워치케 아냐."
"그럼 내가 재워 줄게."
"재주 있으믄 함 해봐."
"음, '잘 자라 우리 엄마 앞뜰과 뒷동산에 새들도 아기 양도 다들 자아는데~'……."
"참 나, 이 밤중에 니가 아주 똥을 싸다 못해 똥을 지리고 자빠졌구나."

60

분위기가 아주 좋아서 잔잔하게 노래 한 가락 뽑아 줬더니 돌아
오는 것은 사랑 짙은 욕이라. 똥 쌀 년을 넘어서 똥을 지릴 년이 되
어 버린 새벽, 엄니가 이불 들썩이자 방귀 냄새가 싸~아 하게 콧
구멍으로 날아들었다. 휘어진 초승달이 엉거주춤 냄새를 피해 서
쪽으로 기울어졌다.

똥도
지대로못싸

1. 소원은 빌었어?

2014년 날이 밝았다. 늘 그렇듯 새로운 날을 맞이하면서 있는 대로 늘어진 채 아침잠을 거룩하게 받들며 해가 중천에 닿아서야 일어났다. 그래, 이 정도는 늘어져 줘야 아침의 완성이 이루어진다. 혼자 가쁜한 몸을 이끌고 새해의 벽을 두드린 후 슬그머니 TV 보는 엄니 옆에 앉았다.

"엄마! 몇 시에 일어났어?"

"다섯 시 삼십 분쯤에. 왜?"

"해 뜨는 건 봤어?"

"응."

"아따, 엄마 대단하네. 근데 소원은 빌었어?"

"빌었지."

"뭐?"

"주둥이로 나불거리믄 소원이 지대로 이루어지겄냐?"

"하긴 엄마 소원이나 내 소원이나 비슷할 겨."

"뭐여? 시방 니년도 나보고 애인 생기라고 빌었냐?"

"어찌 알았대? 참말로 새해 벽두부터 귀신이 곡할 노릇이네."

"똥 쌀 년! 저런 년을 낳고 멱국을 허벌나게 먹었으니."

먹을 수 있는 것은 먹어 줘야 늙어서 후회하지 않는다고, 그리 미역국을 드셨다면서 왜 이제 와서 후회를 하고 계시는지, 끙.

2. 진정한 프로

늦잠 자고 침대에서 뒤척거리다가 문 여는 소리에 자는 척했는데, 엄니가 살짝 들어와 옷을 가지고 나갔다. 그 뒤에 대고 금방 일어난 것마냥 손짓하며 엄니를 불렀다.

"엄마, 어디 가?"

"애인 만나러 간다."

"어디로 가는데?"

"니가 알어서 뭐할 거여."

"그렇긴 해."

주섬주섬 옷을 껴입고 현관문을 나가는 엄니의 두 손에는 분리 수거 봉투가 들려 있었다. 10분 뒤에 빈손으로 들어온 엄니에게 한 마디를 던졌다.

"무슨 데이트를 접선처럼 해?"

"그럼 지겹게 데이트를 오래 해야 혀?"

"암만, 좋아 죽겠으면 오래 만나야지."

"내 나이가 몇 갠디? 언능언능 만나고 갈아 치워야지."

"아, 정말 엄마는 진정한 프로여."

"지랄하지 말어."

3. 똥쌀년

화장실에 들어간 엄니가 소리가 없다. 지금이야 많이 좋아졌지 만, 천식으로 한번씩 가슴 부여잡고 호흡 곤란이 와서 사람 혼을 어지간히 빼냈다. 그 후에 생긴 습관이 새벽이든 아침이든 내 옆에 엄니가 없으면 소리 높여 부른다. 그러면 어디서든 엄니는 내 목소리보다 더 높여서 대꾸한다.

"왜 그려?"

서로가 서로를 확인하고 다시 잠에 빠지든가, 아니면 다른 일을 하든가. 그런데 화장실에 들어간 엄니가 소리가 없다. 귀를 기울여도 아무 소리가 없다. 이럴 때 가장 다급한 마음이 생긴다. 두근거리는 가슴을 잡고 다시 한 번 크게 소리를 질렀다.

"엄마! 엄마!"
"……."

헉, 화장실 문을 급하게 두드리자 안에서 힘이 잔뜩 들어간 목소리가 흘러나오는 것이 아닌가.

"하여튼 저년 때문에 똥도 지대로 못 싸!"

목소리를 듣고 안심은 했지만, 어찌 사람 속을 이리도 졸이게 만드는지 성질이 팍 올라왔다.

"내가 몇 번을 불렀는디 왜 암 소리도 없어! 그냥 한마디 해주는 게 그리 힘들어?"

"그려, 이년아! 똥 싸는 데 온 정신이 가 있구만 오째 불러쌌냐구! 이게 올매 만에 오는 신호인디 지랄이여! 저쪽으로 가! 똥 쌀 년, 끙."

"똥은 엄마가 싸고 있잖어."

"그려! 내가 똥 쌀 년이다, 이년아!"

한참을 앉아 있다가 문을 박차고 나온 엄니가 그 동그랗고 예쁜 눈을 가지고 쫙 째지게 나를 바라보는데, 갑자기 배가 아픈 건 왜일까. 엄니를 밀치고 들어가 앉은 변기에서 채 빠지지 않은 구린내가 솔솔 났다. 이러다가 내 엉덩이에 엄니의 구린내 독이 오르는 것은 아닐까 몰라.

엄마몸은
엄마몸이아녀!

1. 당신이보고싶네

싹을 등지고 풀이 자란다. 풀은 싹보다 자라는 속도가 엄청 빠르다. 여름에 비 내린 후면 무슨 엔진이 달린 것도 아니면서 무지막지한 속도로 자란다. 이때를 맞춰서 엄니의 손도 빨라진다.

뙤약볕에 땅이 굳으면 풀을 뽑기가 힘들어서 비가 적당히 내리면 머리에 수건 하나 쓰고 밭에 앉아 풀을 맨다. 헌데 풀만 매는 것이 아니라 엄니의 그리움도 함께 맨다. 그래, 그렇게라도 약을 발라 줘야 아물지.

"거기가 그리 좋은가 벼. 오째 나 놔두고 먼저 갈 생각을 했는가 모르겄네. 저 오토바이는 어찌하라구 나에게 이런 숙제를 주는 겨. 에휴, 꽃을 사도 함께 좋아해 줄 양반도 읎고, 화분 옮겨 줄 양반도 읎고. 뭐가 그리 좋아서 서둘러 간 겨. 애들 앞에서 울지도 못허겄고. 오째 그 큰 덩치에 저승사자도 못 이기고 그리 갔냐고. 당신이까 논 새끼는 당신 손으로 잡고 들여보내야 쓸 것 아녀. 저것 가슴에 피멍 앉았는디 워쩌할 겨? 잉? 시집도 안 가고 저리 내 옆에서 썩는디 나보고 워쩌라고 당신이 그리 갔냐고. 아파도 아프다 소리 못 허고, 나 때문에 울지도 못허는디……. 썩어 문드러지는 저 속을 워쩌할 겨. 에휴, 당신이 나 지켜 주는 거 알어. 근디 말여, 당신이 보고 싶네."

한참 혼잣말을 하시던 엄니가 인기척을 느꼈는지 뒤돌아 나를 보고는 손에 쥐고 있던 풀을 내려놓았다.

"왜 그려? 내가 미친년 같어?"
"내가 뭐랬다고 얼굴 보자마자 그려?"
"엿들을 걸 엿들어야지. 미친년 넋두리하는 걸 뭐하러 들어?"
"나 암 소리도 못 들었당께."
"그려? 그럼 말구."

가랑가랑 가랑비에 감기 들지 않을까 싶어 우산 들고 나왔다가 다 들어 버렸다. 쏟아지던 빗물에 눈물이 섞여서 다행이다. 뻘건 눈 들어 보여 줬으면 울 엄니 한마디 날아들었을 것이다. '똥 쌀년!'이라고.

2. 무서운 기부

텔레비전에 망조가 든 지 오래다. 보지 말아야 하는데 자꾸 보게 되어 눈을 감을 수도 없고 뜰 수도 없다. 울 엄니 나이 자실수록 귀는 소리와 멀어지는 바, 텔레비전 목청이 방 안을 휘감아 돈다. 한참을 들여다보던 엄니가 나를 불러 하시는 말씀이 아닌 밤중에 홍두깨 같은 이야기라, 좋은 말이 나가려고 해도 나갈 수 없는 묘한 마력까지 풍겨 준다.

"나는 말여, 줄 수 있으믄 내 몸뚱이를 다 기부하고 싶당께."
"뭔 소리여? 뜬금없이 왜? 어디에다가? 무엇 땜시?"
"니 엄니 안 도망가니께 한 가지씩 물어봐!"
"장기 기증하고 싶다고?"
"응. 눈 못 보는 사람한테 눈을 주고 싶고, 콩팥도 주고 싶고……."
"왜 그래? 뭐 못 먹을 걸 먹었나, 해장부터 무신 개 풀 뜯어 먹는 소리여."

"지 어미헌테 말하는 꼬락서니하고는."

"왜? 내가 뭐? 기부하는 것은 좋은데, 당장 엄마 장기 받을 사람들은 생각해 봤어? 그 사람들이 엄마 장기 받고 천수를 누리고 죽으면 좋겠지만, 그게 가능할 것 같어?"

"그러니께 애초에 '줄 수 있으믄'이라고 했잖어. 어떻게 글 쓴다는 년이 귓구녕이 안 뚫린 겨? 잉?"

"엄마 눈은 안경이 보조해 주니께 그나마 보이지. 손가락은 류머티즘으로 삐뚤어졌지, 뼈는 텅텅 소리가 나지, 신장은 오줌이 꽉 차있지, 심장은 문 한쪽이 고장 났지, 위는 위장약 먹은 지가 언제여. 숨 찬다고 천식약에, 아따, 열받으면 위도 아래도 없이 치받아서 꼭먹어 줘야 가라앉는 혈압약에, 아빠 그립고 서러워지면 오는 신경성 질환은 어떻게 하고? 왜 무섭게 장기를 준다고 해?"

"주둥아리에 모터가 달렸나, 징그럽게 지랄허네. 말도 못 혀! 내맴이 그렇다는 거지. 실지로 준다는 말이 아니고."

"알았어. 마음은 잘 알았으니까 어디 가서 그런 말 하지 마! 엄마몸은 엄마 몸이 아녀! 이제는 부는 바람만으로 배가 가는 나이잖어. 엄마 마음만 잘 모시고 살 테니께 그만 접어! 알았지?"

"니년은 아주 드럽고 드런 년이여!"

3. 겟돈? 겟돈?

아부지 저승 가신 후 나는 눈물이 없어졌다고 생각했다. 그러나 생각뿐이었다. 텔레비전에서 아부지와 헤어지는 장면이나, 아부지 손잡고 결혼식장에 들어가는 장면을 보면 나도 모르게 눈물이 나왔다. 내 감정보다 몸이 먼저 반응을 했다.

지구를 구하기 위해 소행성을 폭파해야 하는 브루스 윌리스가 마지막으로 딸과 대화하는 장면에서 펑 터져 버렸다. 콧물을 훌쩍이면 작은방에서 컴퓨터 고스톱 치는 엄니에게 들킬 것 같아서 아주 조용하게 소매 끝으로 닦아 내다가 딱 들켜 버렸다.

"날도 구질구질헌디 뭐 보고 또 우는 겨, 시방?"

"아마겟돈."

"오디 올 게 없어서 겟돈 떼먹는 것 보고 울고 있냐?"

"뭔 소리여? 영화 제목이 아마겟돈이라니께."

"참나, 제목하고는…… 근디 날 더 사나워지라고 울고 자빠졌냐?"

"아녀. 그냥 눈물이 나서 그려."

"참 너는 눈물도 흔혀. 주먹만 한 눈 속에 눈물 보따리가 얼매나 차 있는 겨?"

"엄마가 나 낳았으니께 잘 알겠네."

"구신 씻나락 까먹는 소리 그만허고 콧물이나 닦어."

질질 새는 콧물을 닦으며 창밖을 바라봤다. 아부지 생각하는 것을 들키지 않으려고 감췄는데, 글쎄, 유리창에 눈탱이와 코가 벌겋게 변한 내가 있지 않은가.

불구경
중계

　일요일을 맞이하여 늘어지게 자고 있었다. 실눈을 뜨고 창밖을 보니 날도 어두침침한 것이 딱 잠자기에 아주 좋아서 이불 속에서 꿈나라를 찾아가고 있었다. 그때 갑자기 엄니의 다급한 소리가 들렸다.

　"야, 불났다! 불났어!"
　"어디? 어디에 불났는데?"
　"저기 모텔에 불났다니께."

무슨 큰일이 일어난 줄 알고 이불 걷어차며 일어났건만, 해장부
터 모텔에 불이 났다는 소식을 실시간 중계하는 엄니 목소리를 듣
자니 성질이 났다.

"난 또 큰일이 난 줄 알았잖아."
"이게 큰일이 아니믄 뭐여?"
"해장부터 시끄럽게 왜 그러냐고."
"해장이라니? 해 뜬 지가 온젠디?"

　더 말했다가는 잠이고 뭐고 아무것도 할 수가 없어서 그냥 이불을
뒤집어쓰고 누웠다. 한번 달아나기 시작한 잠이 다시 돌아올 일은 없
고 불구경을 생중계하는 엄니 목소리만 이불 속으로 기어들어 왔다.

"오매, 오매, 사다리 올라간다."
"저 시커먼 연기 좀 봐."
"여기까지 냄새가 나네."
"와, 물 뿌리는 것 좀 봐 봐! 저 물은 오디서 끌어오는 겨."
"아이고, 시커멓게 끄실린 거 봐."
"저 연놈들은 밤새 떡방아 찧다가 나왔을 겨, 암만."
"새벽에 베락(벼락) 맞은 겨. 불베락이여."
"유리창 다 깨져 부렀네."
"아따, 14층 사니께 안 보이는 게 읎구만."

숨 안 쉬고 실시간 중계방송을 하는 엄니의 목소리를 들으며 결국 일어나기를 거부하는 몸을 일으켰다. 하품은 입이 찢어지게 나오는데, 꺼질 줄 모르는 불은 그저 창밖만 바라보고 계시던 엄니를 더욱 흥분시켰다. 불길로 오르는 엄니의 중계도 활활 타올랐다. 아, 내 잠은 돌아올 줄도 모르고 쏜살같이 달아났다.

"저년 옷은 입은 겨?"
"누구?"
"저기 서 있는 년. 그 짓거리 허다가 깜짝 놀라서 나왔을 겨."
"눈도 좋네. 벗은 게 보여? 참말로 엄마는 인조인간 눈을 가졌나봐. 나는 하나도 안 보이는데."
"보나 마나여. 안 봐도 비디오여."
"오째 그려? 모텔 안에 운동선수들이나 일용직 아저씨들이 자고 있을지도 모르는데."
"일용직 하는 사램들이 왜 저길 가냐고, 비쌀 텐디. 여인숙 달방이 얼매나 싼디 하루 벌어서 모텔 주냐고, 이 딸년아."
"하긴 그러네. 오, 울 엄마 많이 아는데."
"지랄헌다. 대거리하러 왔다가 할 말 읎으니께 말 돌리기는 일등이지."

모텔에 불이 났는지, 엄니 입에 불이 났는지 알 수 없는 아침에 이부자리에서 일어나기가 힘들어 이불만 끌어안고 있다가 욕을 바가지로 먹었다.

'아, 나 잠 좀 자자구!'

여자구실
지구실

"내가 너를 데려다 논 지가 온제여. 십 년이 넘었어. 근디 니년
은 오째 내 맴을 몰라주는 겨. 잉? 그라믄 안 되잖어. 이년 저년은
다 지 몫을 하는디, 너는 돌팍 밑에 숨은 고기맹키로 꼼짝을 안 하
는 겨? 일 년을 쉬었으믄 올해는 꼼지락거리며 올라와야 쓸 것 아
녀. 이번에도 안 올라오믄 밖에 내다가 버릴 테니께 알아서 혀. 정
신 똑바로 차리라고."

"누구랑 얘기해?"

"왜? 혼자 구시렁거리니까 미친년 같냐? 나는 지금 군자란 년하

고 얘기 중이시다."

"군자란이 년인지 놈인지 어떻게 알어?"

"꽃 피는 것들은 죄다 년이여."

"무슨 얘기 하는 중인데?"

"이년이 꽃을 피울 생각을 하지 않길래 욕하는 중이었지. 작년에
는 그냥 봐주고 넘어갔더만, 올해도 꼼짝을 안 하잖어. 그래서 욕
을 한 바가지 해주는 중이랑께. 아주 드런 년이여."

"우하하하, 욕하면 말 들어?"

"듣지. 이것들은 온몸으로 다 듣는다니께. 내가 기분이 좋은지,
나쁜지, 기쁜지, 슬픈지 다 알어. 접때 니 아비 저승 갔을 때 꽃밭
에 있던 꽃이며 나무가 반은 죽었잖어. 이년들도 내 맴처럼 슬펐던
겨. 그래서 난 이것들이 좋아. 새끼들도 모르는 걸 이것들은 알거
든. 내가 말을 안 해도 느낌으로 안 다니께. 그것 보믄 참말로 신기
혀. 아침에 눈 뜨면 반갑게 인사하고, 얘기하고, 노래도 부르고, 그
러다 보믄 어느새 꽃봉오리가 눈에 띄기 시작하는 겨."

"나보다 낫네."

"그걸 인자 알었냐. 근디 너랑 군자란이랑 닮은 게 있는디."

"꽃이 나랑 닮았지? 왜 아니겠어."

"요강 깨지는 소리 그만허고. 지 구실을 못하는 게 닮았어. 너는
여자구실 못하잖어. 군자란도 지 구실 못허고."

"내가 뭘 못해?"

"결혼을 안 했잖여. 결혼해서 새끼를 낳아 봐야 시상을 알지, 니

가 뭘 알겠어. 하여튼 올해만 넘겨 봐. 군자란이든 너든 죄다 내다
가 버릴 테니께.”
　“꽃 얘기 하다가 내 얘기로 끝나는 건 무슨 조화여.”
　“준비 단단히 혀. 빈말 아니니께.”

　엄니의 봄이 다시 시작되었다. 개구리가 눈을 뜨면 논바닥을 뒤
흔드는 경운기 소리와 로터리 치는 소리, 이앙기 소리가 엄니 귀에
들어올 것이다. 잠시 겨울잠을 잔 그리움이라는 걸 다시 꺼내어 되
새기는 일로 가슴 쓰린 날이 올 것이다.

　“협박도 먹혀야지. 먹히지도 않는 걸 왜 해?”
　“똥을 지릴 년.”

홍어좆

　동장군 기세에 눌려 그리 큰 몸을 가지고도 꼼짝 못하고 저승
길 가신 아부지 제사가 곧이다. 아부지 돌아가시던 해는 무지 추웠
다. 그해에 박완서 선생님도 가셨다. 그러니까 올 아부지하고 얼마
차이 나지 않게 가셨다. 저승길 벗이라도 되었으면 좋으련만…….
　엄니는 코앞에 있는 보령 항구를 놔두고 굳이 군산 어물전까지
가서 사온 홍어와 머리에 다이아몬드 박힌 조기를 꾸득꾸득 말려
야 한다며 대바구니에 척척 얹어 앞마당 툇마루에 올려놨다. 아부
지 제사에 쓰일 음식은 최고급으로 모셔서 당신 손으로 직접 모든

준비를 해야 직성이 풀리는 분이 엄니다. 덕분에 싱싱하고 생생한 제사 음식 사러 다니는 수고로움을 욕 얻어먹어 가면서 하고 있는 나는 수시로 현관문을 열어 홍어와 조기가 잘 마르고 있는지 확인하고 또 확인했다.

아부지는 날 풀려서 가져도 될 것을 추위에 꺾인 기운을 일으켜 세우지 못하고 목덜미 덜덜 떨며 오토바이 타고 다니시다 영영 돌아오지 못할 길로 가셨다. 죽을 때까지 그림자로 따라붙을 아부지에 대한 그리움이 한껏 밀려오기도 하는 제사다.

그렇게 바구니 올려놓은 지 두 시간도 못 되어 밖에 나가 보니 이미 엎어진 것이 아닌가. 뒤도 돌아보지 않고 방에 있는 엄니를 불렀다.

"엄마! 바구니 다 엎어졌어."
"이런 씨부랄 놈의 괭이 새끼!"

엥? 이건 무슨 소리인가? 보지 않았는데도 어찌 고양이가 한 짓인지 알까? 엄니는 진정 앞날까지 바라보는 무공을 익히고 계신 것은 아닐까. 욕 권법이 난립하는 이상 고양이는 이제 다시는 우리 집에 발을 붙이지 못할지도 모른다.

"내가 뭐라 그랬어? 수시로 지켜보라고 했지?"
"지켜봤어."

"봤는디도 이 모냥이여, 시방? 이런 썩을 놈의 도둑괭이 새끼들, 냄새는 징그럽게 잘 맡는다니께. 저 개년은 괭이 새끼 한 마리 지키지도 못허고 밥만 축내지, 뭐라도 하는 게 있어? 저 씨부랄 것들!"

오랜만에 겨울 볕 든 자리에 누워 코 골던 진순이까지 싸잡아 욕을 내리시는 엄니. 이 순간을 어찌 피해 갈 것인가. 여기저기서 쏟아지는 햇볕이 엄니의 욕 권법에 실낱처럼 날렸다. 홍어와 조기를 주워 바구니에 다시 널면서도 엄니는 생돈 날아갔다고 한바탕 길게 욕 권법을 휘둘렀다.

그런데 주워 담은 홍어를 자세히 살펴보니 다른 부분은 다 있으면서 한 군데만 없어졌다. 흥분한 엄니에게 얘기할 수도 없고 이래저래 눈치만 살폈다.

"수돗가 지붕 위에 주리 틀고 앉은 새끼 한 마리가 있어. 그놈 짓이여. 분명혀. 사자 코털을 건드렸으니께 오디 한번 나한테 뒤져 봐. 이 썩을 놈의 괭이 새끼, 이게 워떤 음식인디 건드리고 자빠졌어. 능구렁이 새끼도 아니고, 씨부랄 것이 대낮부터 지랄허고 난리여!"

광을 뒤지던 엄니가 들고 나온 것은 당구 큐였다. 어지간하면 이리 무서운 권법을 휘두르지 않건만, 아부지 제사에 관해서는 관대함이란 없다는 게 문제였다.

아부지 돌아가시고 여자 둘이 사는 집에는 간땡이 부은 채로 마

구잡이로 휘두르는 몽둥이가 꼭 필요하다는 것이 막냇동생의 생
각이었다. 여차하면 휘두르라고 가져다 놓은 당구 큐에 맞으면 어
디 한 군데는 제대로 못 쓴다는 주장이었다. 반 토막 낸 큐에 멀쩡
한 사람이 맞아도 한 열흘은 누워 있어야 하거늘 고양이가 맞는다
면 바로 저승길로 행차하는 것.

한 시간 동안 점심도 거르고 화장실도 안 가고 현관 앞에 숨어서
수돗가 지붕 위만 바라보던 엄니가 쏜살같이 달려 나갔다. 그리고
는 검은 점박이 고양이를 향해 큐를 휘둘렀다. 아, 성룡의 비호같
은 발동작은 엄니에 비하면 아무것도 아니었다.

"컄!"

이 소리는 고양이가 제대로 맞았다는 것인데, 엄니는 분이 안 풀
렸다는 듯이 이미 도망가고 없는 고양이의 그림자에 대고 몽둥이
를 휘둘렀다.

"엄마! 그만해! 고양이 도망간 지가 언젠데 그려."
"대가리 맞았으니께 당분간은 운신도 못헐 겨."
"허리 아프다면서 오째 그리 빨러. 눈 깜짝할 사이에 사라져 버
리데."
"슬금슬금 기어 오는 꼴 보니께 눈이 뒤집어지드라고. 제사 생
선 다시 사야 쓸 거 아녀. 내가 오늘 안 건디, 저 팽이는 놈이 아니

라 년이여. 분명혀. 그러니께 다른 건 다 놔두고 좆만 가져갔지. 하여튼 사람이나 동물이나 좆 좋아하는 것은 다르지가 않다니께."

고양이가 물고 간 것은 홍어 좆이었다. 다른 부분은 놔두고 좆만 달랑 떼서 가 버렸다.

난 참으로
고운 여자니까

날 지나간다 지나간다더니 입추 지나자 매미 목소리에 가래가
끼고, 바람 따라 누워 젖히는 조릿대가 사그락사그락 귓가에 묵은
소리로 앉았다. 처서 지나 가을 길목에 한 발짝 넣자 문지방에 걸
린 못도 쑤욱 들어가고, 이리저리 튕겨 다니는 빗도 기둥 한가운
데로 돌아온다.

이맘때가 되면 울 엄니가 찾는 녀석이 있다. 그것은 포도다. 얼마
나 좋아하시느냐 하면 10kg을 앞뒤도 보지 않고 아침저녁으로 밥
처럼 3일 안에 해치우는 무서운 능력을 보인다. 포도 향기가 남포

에서 솔솔 풍겨 나기 시작하면 초가을 볕을 싣고 나를 대동한 채 포도밭으로 달린다.

아무리 먹어도 배앓이 않고 소화까지 기가 막히게 되는 포도라는 주장인데, 쉬지 않고 포도 찬양을 입에 거품이 묻어날 정도로 하시는 엄니를 볼 때마다 하느님, 부처님도 이 축에는 끼지 못한다는 것을 새삼스럽게 온몸으로 느낀다.

가을비 지나고 낮 기온이 14층에서 한 7층쯤으로 뚝 떨어졌다. 엄니가 해장부터 포도밭으로 달리자고 눈꺼풀도 떨어지지 않은 나를 일으켜 세웠다. 현관문 열어젖히니 햇살이 몽글몽글 포도알처럼 떨어졌다. 서 있는 자리에서 다 떨어졌으면 좋았을 것을, 남포로 향하는 내 차가 포도로 보이는지 내내 싱글벙글, 히죽히죽 불어오는 바람도 포도 향기 바람이라, 빨리 달려라, 포도차여!

포도 향기 날리는 그곳으로 달려가니 상하 좌우 보이는 것이 온통 포도였다. 엄니가 성큼성큼 들어가 포도밭 가운데 툇마루에 털썩 앉자마자 설랭이(알이 듬성듬성 달린 포도)로 10kg을 주문하신다. 포도 할매는 집 나간 서방 온 것도 아닌데 두 손 모아 반기며 포도 한 송이씩 손에 놓아 주고는 방금 땄다며 먹어 보란다.

달달함이 입안에 퍼지는 것이, 흐미, 벌이라도 날아들까 두리번두리번거렸다. 한 송이 다 먹으니 또 한 송이요, 그 송이 다 먹으니 또 한 송이를 주는 것이 아닌가. 사는 포도보다 그 자리에서 먹는 포도가 더 많은 것 같아 미안하고 거시기해서 일이라도 도와 드릴까 싶어 흐트러진 포도 상자를 차곡차곡 자리 찾아 옮겨 놓았다.

바람은 불고, 포도 상자는 뒹굴어 다니고, 포도 할매는 암 소리 안 하고 손으로 이리 까딱, 저리 까딱, 포도 상자 챙겨라, 세워라, 상자 속에 무거운 거 넣어 놔라, 포도 싸는 종이 건네라…… 무언의 힘이 이리 무서운 줄은 절에 있을 때도 몰랐다. 그저 야속하게 바라보는 내 눈빛은 먼 산에 걸쳐 두고 엄니는 포도 할매와 묵은 이야기를 펼쳐 놓았다.

　"아, 지난 장에 남포에 사는 워떤 할매가 호박 따서 파는디, 어떤 아주매가 자꾸 눈알을 호박한테 굴리드랴. 그려서 아주매한티 '아, 아주매 참말로 호박처럼 둥글둥글 이쁘게 생겼네'라고 했댜. 그 아주매가 성질을 바락바락 내면서 '내가 호박처럼 생겼냐'고 난리를 치는디, 난리도 그런 난리가 읎었다. 근디 보령 아주매는 포도처럼 탱탱헌게 곱게도 생겼네, 그려!"

　아, 포도 할매는 이야기 잘하시다가 왜 마지막에 그런 말씀을 하셨는지. 기분은 이미 하늘 위를 훨훨 날아다니고, '아따, 좋아라. 나도 포도가 되고 싶어라' 노래가 흥얼거리며 절로 나오는 엄니.
　모로 가도 제대로만 가면 된다고, 앉은자리에 이부자리 펴고 이야기를 나눴다. 울 아부지 저승길 가신 지 3년인데, 엊그제 장에서 같이 국수를 먹은 것마냥 이야기 나누며 포돗빛 거무스레 죽죽 웃음꽃이 피었다. 포도 할매는 심심한데 가지 말라며 방앗간 가래떡 뽑는 기계 주둥이에서 떡까지 떼어 내오고, 신이 난 울 엄니의 장단에 동네 이야기까지 꺼내 놓으니, 더위 지났다고 좋다고 했건만 다시 더워지는 것은 무슨 조홧속일까.

왔다는 가을도 어디로 갔는지 상자를 옮기는 내내 햇빛은 나만 따라다녔다. 딸년 팔뚝에 허물 벗겨지는 줄도 모르고 엄니는 신이 나서 할매와 불타는 이야기를 나눴다. 곯은 포도 골라내며 조곤조곤 말씀하시는 포도 할매 입담에 포도송이 종이로 싸는 아줌마는 꼴까닥꼴까닥 빠진 배꼽 주워 담느라 바빴다.

잘 돌아간다, 잘 돌아가. 집 나간 여편네 기다리다가 처제하고 눈 맞아 자식 낳고 산다는 어느 집 양반 이야기에 자기 집 일인 양 숨 넘어가고, 죽일 연놈이 어디 따로 있나, 곯은 포도 송아리 집어 던지며 성질 바락바락 내는 포도 할매 숨넘어간다, 넘어가.

주인네 쫓아 벌초하러 산에 오른 개새끼가 예초기에 다리 하나 잘려 삼발이가 됐다고, 저만치서 뛰어올 때 보면 가관도 아니라고, 옆집 노인네 삼발이 개까지 오르락내리락한다.

이러다가 해 넘어간다고 포도 상자만 쌓는데, 이것이 어찌나 많은지 쌓아도 쌓아도 끝이 보이지 않고, 포도송이만 검게 탄 얼굴로 나를 바라봤다.

차에 포도 싣고 엄니도 싣고 달리는 내내 속으로 다시는 포도 사러 안 온다고 꾹꾹 씹어 삼켰다. 내 속도 모르고 옆에서 노래 흥얼거리며 '앗싸! 달려라, 달려!' 외치는 엄니 얼굴을 슬쩍 보다가 딱 마주쳤다.

"워찌, 포도 송아리처럼 곱게 생겼냐? 내가 좀 곱지? 느 아비가
나 지키느라 애 좀 먹었지. 느 아비 친구들이 나를 싸매고 간다고
엄포 놔서 싸우디(사우디아라비아)도 안 간 겨. 아무리 생각해 봐도, 곱
씹어 생각해 봐도 난 참으로 고운 여잔가 벼. 이거 다 먹으면 포도
또 사러 오자, 잉!"

아따, 집에 가는 길이 이다지도 멀 줄이야.

이름이
이게 뭐여?

"오째, 이름을 지어도 흔하디흔한 이름을 지었나 몰라! 여기 봐
도 경희, 저기 봐도 경희! 인터넷에 찾아보면 박경희가 어찌나 많
은지. 미용실도 경희, 태권도장도 경희, 한의원도 경희, 대학교도 경
희, 경희 아닌 게 없어."

"내가 너를 어떻게 낳았는디 닭 모가지 비틀어지는 소리를 하
고 자빠졌냐?"

"낳은 거하고 이름 짓는 거하고 무슨 상관이여? 좀 잘 짓지, 경
희가 뭐여."

"이제 타박헐 게 없어서 이름 가지고 타박이지. 니 이름이 워뗘서 지랄이여? 올매나 이뻐. 벼슬 경에 빛날 희."

"고슴도치도 지 새끼는 예쁘댜."

"그려, 이년아! 너도 고슴도치라 안을 때마다 아파 죽겄다."

임신 8개월의 엄니는 서울 창동 장안사 골목에서 뒤틀린 배를 쥐며 소리 질렀다고 한다. 그때 당신 정신이 어느 곳에 붙어 있는지 알 수 없었기에 어떤 욕을 했는지는 기억나지 않는다고 했다. 그래, 그쯤이면 엄니가 알고 있는 무섭고 웃긴 욕들이 장안사 골목을 후려쳤을 것이다.

아이 가진 몸으로 맹장이 터져 둘 다 저승길 목숨이라고, 빨리 수술을 해야 하는데 아부지는 수술실 밖에서 오줌 줄기만 쥐었다 풀었다 했단다. 내내 시계 초침 소리만 크게 들렸다고. 수술 서약서에 이름 석 자 적다가 산모와 아기 모두 죽을 수 있다는 말에 깜박이는 비상구만 바라봤다면서, 어떻게 해서든 둘 다 살려 내라고 바락바락 소리도 지르다가, 애원도 하다가, 오줌도 찔끔거리다가…….

임신한 몸으로 깊은 마취를 할 수 없었던 엄니는 몽롱한 상태에서 배에 칼을 대는 으스스한 느낌을 받았다고, 흐릿한 눈빛으로 산소 호흡기를 떼어 내려 헛손질을 해댔다고 한다. 그건 모두 엄니의 헛것이었다고 말해 주어도 '니년이 그때 그 광경을 보기나 했냐'며 내 이마에 침이 튀도록 목 놓아 혼내 주신다. 배 속에서 지 죽을지도 모르는 광경을 바라봤을 내 모습도 웃겼을 것 같다.

배를 열어 아기집 꺼내 닦고 신음 속에 저승 문턱까지 갔다 왔다고, 내가 태어나자마자 손가락 발가락부터 봤다는 엄니와 병신 새끼 낳으면 어쩔까 매일 기도했다고, 죽다 살아난 모녀 보며 꺼익꺼익 울었다는 아부지.

저승길 앞에서 처자식 붙잡아 살려 냈다고, 경희대학병원에 감사해서 어떻게 이 은혜를 갚아야 할지 모른다고, 가난하여 가진 돈은 없고 그저 벼슬해서 기뻐하라고 경희로 지었다는, 무슨 전래 동화에 나오는 은혜 갚은 까치도 아니면서 이름 석 자에 남긴 사연이 이리도 깊은지.

"그러니께 내가 시집을 안 가는 겨."

"응? 이건 무신 똥바가지 깨지는 소리여?"

"여기저기 경횐디 누가 새삼스럽게 불러 주겠어? 아녀? 이름도 한몫하는 겨."

"건넛집 할매 이름은 간난이고, 명암에 밤나무집 할매는 진분이고, 6통 염소 할매는 달순이고, 저 또랑 건너 배춧집 아줌마는 일순이여. 다들 시집가서 아들딸 낳고, 그 새끼들이 또 아들딸 낳고 잘만 사는디 이름이 뭐가 문제여? 오디다가 댈 데가 읎으니께 지 똥인지, 넘 똥인지 구분이 안 서는구만!"

"그럼 연세병원에서 태어나면 연세고, 성모병원에서 태어나면 성모인감?"

"그려, 이년아! 우리 동생은 보름달 뜬 날 태어나서 광수고, 우리 오빠는 월요일에 태어나서 월수고, 일요일에 태어나서 일수다! 이름 가지고 드럽게 지랄허네."

개똥같은
봄

오랜만에 찾아온 봄볕을 받으며 대문 앞에 놓아둔 의자에 앉아 엄니와 도란도란 이야기꽃을 피웠다. 수선화 싹이 땅을 뚫고 오른 지 오래고, 냉이꽃도 간간이 새로운 소식처럼 피었다. 영춘화도 노란 부리를 벌리기 시작했고, 꽃다지도 엄니 미소처럼 묵정밭에 퍼지기 시작했다.

이쯤 되면 종다리도 감나무 위에서 지저귀고, 굴뚝새도 지 새끼 챙기느라 바쁘다. 아침잠을 설치게 하는 참새 떼는 뭐라 지랄하는지 쉴 틈이 없고, 표범나비도 킁킁거리며 꽃향기 찾아 날아다녔다.

날이 따뜻해지니 진순이는 더 늘어져서 온종일 나비 꽁무니만 쫓다가 밭으로 달리는 쥐새끼에 놀라 오줌을 찔끔거리며 낑낑거렸다.

"나는 시집 안 가길 잘한 거 같아."

"이게 시방 무신 개 풀 뜯어 먹는 소리여?"

"개가 풀 뜯어 먹으면 비 오는데."

"지랄 말고, 무신 소리냐고?"

"어제 수업 시간에 '내가 겪은 일 중 가장 슬픈 일' 쓰기를 했는데, 어떤 아이가 무슨 드라마 얘기를 써 냈잖어. 이제 5학년이 말이야. 그 글 읽고 얼마나 울었는지. 나는 말여, 새끼들 낳아 놓고 집 나가는 사람들 보면 화가 나. 뭐, 이유야 있겠지만 애들이 무슨 죄여. 어미, 아비 잘못 만나서 그렇지."

"에휴, 오죽하믄 새끼들 놓고 나가겄어. 돈이 죄인 겨. 시상은 맨날 변하는디 돈은 왜 변하지가 않는지 모르겄어. 삼십 년 전이나 지금이나 다를 바가 읎다니께. 잘살아 보자고 이빨 빠지게 지랄하믄 뭐혀. 더 못사는 것 같어."

"내 말이 그려. 엄마는 얼굴도 모르고 아빠는 어디에 있는지도 모른대. 할머니와 할아버지하고 사는데, 할아버지가 암 말기래. 돈 없어서 병원에도 못 가고 집에서 진통제로 버틴대. 어린놈이 그 짐을 짊어지려니까 얼마나 힘들겠어. 그저 눈물만 뚝뚝 흘리고 있는데……. 내가 해줄 수 있는 것은 없고, 같이 울기만 했다니까."

"하기사 너도 눈물이 오지게 많으니께 그것밖에 할 것이 읎겄지.

요즘 것들 암 데서나 처자빠져 자 가지고 책임지지도 못허믄서 애들 낳으면 그거 워쩔 겨? 시골 가 봐. 죄다 할매들이 애새끼들 업고, 잡고, 콧물 훔치믄서 있지. 야그 들어 보믄 가관도 아녀. 아들놈이 놓고 간 새끼, 딸년이 놓고 간 새끼, 그것도 모지라서 손녀가 놓고 간 새끼도 봤다니께. 그것들 죄다 싸매고 있는디 돈은 읎지, 날은 춥지, 전기장판 한 장에 한데 모여 오돌오돌 떨고 있는 것 보믄 오장육부가 뒤집어져. 저기, 너도 알 겨. 거시기 죽나무 많은 집. 거, 창백이네 성님도 손자 셋 끌이고 있잖어. 그렇게 새끼들 잘 키웠다고 입이 닳도록 자랑질하더니, 그게 뭐여. 고작 큰아들 이혼하고 그 자식새끼들 데리고 있어. 어데 가서 새끼들 자랑질은 허지 말아야 혀. 언제 어느 때 어찌 될 줄 안다고. 함부로 말하믄 안 되는 겨."

"참, 그려. 뒤집어 보면 아무것도 아닌데. 결혼도 그렇고 꼭 해야 하는 것도 아닌데 안 하면 큰일 나는 줄 알잖어. 애새끼 낳아서 못 키우기보다 차라리 안 하는 편이 훨씬 나은 거 같어."

"참말로 그지 같은 말은 잘도 허지. 그래도 시집은 가야 혀. 가도 후회고 안 가도 후회라는디, 후회를 해도 가 보고 해야지. 일찌감치 손 놓고 앉아서 염불할 겨? 지 속으로 뺀 자식은 하나라도 있어야 쓸 거 아녀."

"이 나이에 시집가서 애 가지면 완전 노산이야."

"시집갈 생각은 있는 겨?"

"시집 안 간다고는 안 했잖어. 지레짐작하지 마."

"언제 갈 건디?"

"나도 모르지. 짝꿍이 생기면 갈 겨."

"그게 온제 생기는디?"

"그걸 알면 길거리에 좌판 깔고 관상 봐 주게."

"드런 년, 온종일 방구들 붙잡고 씨름하는 년이 무신 얼어 죽을 사내가 생겨. 오디서 헌 집 벽 때려 부수는 소리를 하고 자빠진 겨."

"혹시 알어. 지금 대문 열고 '어머니' 하는 사람이 있을지."

"창알머리 없는 소리 고만허고, 가서 개똥이나 치워."

봄바람이 살랑살랑 똥구멍 간질거리며 오는데 엄니는 개똥이나 치우라며 삽자루를 던졌다.

내가 하는 모든 이야기의 끝은 결혼으로 막을 내린다. 이십 대에는 결혼을 하라고 강하게 이야기했고, 삼십 대에는 가 볼 생각이 없느냐고 하더니, 나이 마흔이 되자 이제는 갔다 와도 괜찮다고, 협박인지 위로인지 알 수 없는 이야기를 하신다. 웃지도, 그렇다고 울지도 못하고 진순이 대가리 몇 대 쳐 가며 똥을 치워야 하는 이 신세를 목 놓아 부르다가 엄니한테 한 방 먹었다.

"똥 쌀 년, 니년이나 저년이나 다를 바가 뭐여?"

니년은 나고, 저년은 진순이고. 개똥 같은 봄이 오긴 오는구나.

그냥 냅둬!

1. 엄마, 미안해

"아, 그만 좀 울어."

"내가 온제 울었다고 그려?"

"엄마는 어째 내가 볼 때마다 울어?"

"너는 왜 내가 울 때마다 보냐?"

"아예 내가 없을 때 울든가. 엄마가 그럴 때마다 내 속이 뒤집어져."

"……."

"나도 엄마한테 이러고 싶지 않은데, 아빠 가신 지 3년이여. 매일 밤마다 꿈에서 혼자 장사를 치르니, 이게 뭔 일이여. 엄마 속은 엄마 속대로 썩고, 내 속은 내 속대로 썩고. 도대체 몇 번을 더 장사를 치러야 제대로 보내 드리는 겨? 저승길 가던 아빠도 다시 돌아오겠구만."

"니가 내 속을 알어? 나도 내 속을 모르겠는디 왜 지랄이여! 이럴 때는 그냥 냅둬! 아주 쫓아다니면서 지랄이여."

"어떻게 냅두냐고, 걱정되는데."

"내가 한두 살 먹은 애들두 아니구 사사껀껀 지랄이여. 내가 니 눈치 보고 살겄냐? 나한테도 시간이 필요헌디 왜 자꾸 난리냐구? 자꾸 생각나는디 워쩌란 말여, 잉?"

"엄마 아플까 봐 그러지."

"지랄허지 말고, 들어가서 밥이나 혀!"

아부지 가신 지 3년이다. 엄니는 넓고 푸른 들녘만 보면 운다. 경운기 소리에도, 마른 논바닥을 보고도, 황금 들녘을 보고도, 콤바인 돌아가는 소리를 듣고도 운다. TV를 보다가 산소 호흡기를 달고 오늘내일하는 사람을 보면 울고, 장례식 장면이 나오면 운다. 그리고는 한 축씩 앓고 일어난다.

그럴 때마다 엄니는 몇 년씩 나이를 드신다. 아부지 살아 계실 때보다 5년은 더 늙어 버린 엄니. 매번 너는 시집을 안 가서 부부애가 뭔지 모를 거라는 말씀만 하신다. 그래, 나는 부부애가 어떤 건지 모른다. 그러나 애틋함은 안다. 그리움에 온몸의 기운이 한꺼번에 빠져나가서 일어나기 힘들다는 것은.

초저녁잠이 많은 엄니가 잠자리에 들고 나는 늦게 주섬주섬 이부자리에 들었다. 엄니가 코를 심하게 골다가 갑자기 숨을 안 쉬었다. 수면무호흡증을 앓고 계신 엄니는 주무실 때가 가장 위험하다. 해서 손을 꼭 잡았더니 푸우 하며 긴 숨을 내쉬었다.

아부지가 살아 계실 적에도 늘 엄니의 숨소리를 걱정하셨다. 당신보다 먼저 저승 가면 안 된다고 두 손을 꼭 잡고 주무셨다. 그래, 어찌 되었든 나는 아부지가 돌아가신 동시에 아부지가 되었다. 엄니와 한침대를 쓰고 한이불을 덮는다. 나는 아부지이면서 엄니의 딸이다.

"엄마, 미안해. 엄마가 아빠처럼 갈까 봐 겁나서 그래. 아빠도 제대로 보내지 못했는데 엄마마저 아프면 나는 어떻게 해. 미안해."

그날 밤 달이 안방 벽 가득 들어찼다. 감나무 그림자가 벽화처럼 그려졌다.

2. 욕 권법

아픈 것도 시와 때가 있어 아픈 것이 아니라 엄니한테는 수시로 찾아오는 친구 같다. 식탁 위에 소복이 쌓여 있는 약봉지가 작은

산을 이룬다. 감기약, 천식약, 심장판막증약, 협착증약, 혈압약, 소화제, 진통제 들이 제시간 안에 먹어야 산다는 절실함을 보여 준다.

약 친구에서 벗어나는 엄니의 방법 중에는 허연 머리 끄덕이며 이야기하는 친구를 만나는 것과 온종일 TV를 보는 것, 그리고 개인 컴퓨터로 즐기는 고스톱이 있다. 하루 종일 TV와 벗 삼아 이년 저놈을 찾다가 어느 순간 컴퓨터 고스톱 세계로 돌진하신다. 그 속도가 눈 깜짝할 새라 언제 허리가 아파서 누워 계셨는지 모를 정도다.

"저, 저, 저 새끼, 내 돈 처먹고 날라 버렸네. 씨부랄!"

"니미, 엿 먹어라!"

"저 썩을 놈."

"아, 야, 그걸 먹으면 오쩌자는 야그냐."

"내 방구나 처먹어라!"

"참, 드럽게 못 뜨고 앉았네."

"내 돈 따 처먹고 도망가는 저놈, 십 리도 못 가서 코 깨질 거다!"

어째 한 시간 동안 고스톱을 치면서 이기는 소리는 들리지 않고 욕만 방 안에 넘쳐흐른다. 여기서 한마디 던지면 너 때문에 돈 다 나간다고 할 것 같아서 아무 말도 않고 고스톱 무림의 세계에 날아다니는 권법 소리를 경청할 뿐이다. 그렇다고 울 엄니가 욕이 날아다니는 권법을 수시로 쓰시느냐? 그것도 아니다. 도리와 예의를 상당히 중요시하는 분이라 함부로 쓰지는 않는다. 단지 나이 마흔에 시집 안 간 딸년이라는 애물단지와 컴퓨터에만 쓴다는 것이다.

"엄마! 욕을 바꿀 생각은 없어?"

"뭐라고 바꿔?"

"아니, 드런 년, 똥 쌀 년, 똥을 지릴 년, 나쁜 년 말고 좀 신선하
게 쓸 수 있는 욕. 그것도 너무 오래 써먹어서 나한테 먹히지를 않
는다고."

"그려? 그럼, 아이고, 사랑받을 년아, 부자 될 년아, 행복해서 뒤
집어질 년아."

"우하하하하! 아이고, 배야!"

엄니의 욕 센스는 타의 추종을 허락하지 않는다는 말씀! 그래서
그냥 던지시는 욕 권법 그대로 받들기로 했다.

3. 락(樂)?!

"우와! 엄마, 난 지금 소지섭한테 반했어."

"오째, 저번에는 장동건이더니 지금은 소지섭이여?"

"동건 씨는 영원하고, 지섭 씨는 꽂힌 거고."

"갸들이 너를 아냐?"

"아니, 몰라. 그래도 내가 알려고 들면 알걸?"

"니가 그런 재주가 있어?"

"있긴 뭐가 있어. 그냥 좋다는 거지. 잘하면 꼬실 수 있을 것도 같고."

"구신 씻나락 까먹는 소리 허고 자빠졌네. 오디서 그런 미친 용기가 나는지 알 수가 없다니께. 나도 미친년이지, 저런 걸 낳고 떡국을 먹었으니, 끙."

"그냥 냅둬! 이런 낙도 있어야 살지. 도대체 날 낳아 놓고 몇 번이나 미역국을 먹은 겨."

"아주 피를 다 쏟을 때까정 먹었다, 왜? 뭐, 내가 끓여 먹는 데 보태 준 거 있어? 하긴 니년이 뭘 하겄어. 집에 틀어박혀서 지 등도 못 긁고 있는 주제가……."

"끙."

주둥이를
내밀다2

1. 추위와 맞짱을 떠?

아파트에 산 지 여러 달. 볕 좋다고 이불을 빨았는데 널 곳이 마땅치가 않았다. 두리번거리며 찾던 엄니가 화단에 있는 배롱나무에 걸쳐 놓고 오라고 했다.

나가기 싫은 몸 억지로 일으켜 주섬주섬 옷을 챙겨 입고 축축한 이불 감싸 안아 나갔는데, 코끝으로 부는 바람이 다소 센 바람이었다. 가을이 제대로 '나 이제 떠나오' 말도 남기지 않았거늘 어느 틈에 기어들어 왔는지 겨울이 바투로 달라붙었다.

돌아보면 곶감 만들 감도 안 땄고, 서리태도 까부르지 않았다. 양파도 심지 않았고, 대가리 허연 무도 땅속에서 벌벌 기는 중이다. 헌데 붙어 댕긴 이파리도 여즉인데 이리 추우니, 콧물이 댕그랑댕그랑 코끝에 매달려서 이쪽 바람이 불면 떨어질까, 저쪽 바람이 불면 떨어질까 왔다리 갔다리 고민 중이다. 소매 끝으로 훔치다가 살짝 이불에 묻었다. 이럴 때는 무조건 모르쇠다.

이불을 대충 걸쳐 놓고 옷을 목까지 끌어 올렸다. 고양이 한 마리가 1층 베란다 밑에서 계속 내 행동을 주시하고 있었다. 아파트 터줏대감이다.

"뭘 봐, 이노무 시끼!"

엄하게 한번 다스려 주려다가 고양이 모습을 보고 그냥 돌아섰다. 꼭 애꾸눈 선장처럼 한쪽 눈이 찌그러졌다. 꼬리는 잘렸으며 온몸은 상처투성이다. 그런데도 고양이 측에서 나를 측은지심으로 바라보는 듯한 시선을 처음 느꼈다.

"젠장, 뭐냐."

어깨를 바짝 움츠리고 추워, 추워 하며 들어오는 나를 바라보는 엄니의 눈빛이 날카롭게 다가왔다.

"그리 홑껍대만 입고 댕기니께 춥지, 안 춥겄어? 지가 무신 이십대 청춘이라고 그 지랄로 입고 댕겨, 입고 댕기긴."

"긴장해야 살이 안 찐단 말여. 추위와 맞서 싸워야 살이 긴장한다고."

"긴장헐 것이 읎어서 추위와 맞짱을 떠? 나온 살은 워쩔 건디? 지랄헌다. 허다 허다가 이제는 헐 짓이 읎으니께 별 그지 같은 짓을 하고 자빠졌구만. 오뉴월에 얼어 죽은 구신이 서리 맞고 나오겄다."

"왜?"

"가구짝에도 안 되는 소리를 하구 자빠졌잖어."

2. 처멜여 줘도 난리여

아침 지나 점심때로 접어들 무렵 엄니는 목장갑 두 개와 지갑을 딱 챙겨 드시곤 '가자!' 했다. 원고 마무리 안 했다고, 조금 더 해야 한다고 했으나 씨가 먹힐 말도 아니어서 두 손 호주머니에 찌른 채 따라나섰다. 이미 내 입은 대천 앞바다까지 나와 있는 상태였다.

묵묵히 허리 짚고 가시던 엄니가 갑자기 삼선짜장을 사줄 테니 나온 입 좀 넣으라 했다. 아, 무심한 삼선짜장! 그 한마디에 왜 미소가 이리 크게 번져 오는지.

기대 잔뜩 품고 엄니 따라나선 길은 짜장면집이 아니라 밭이었다. 아, 돌아가지 않은 머리를 타박하며 목장갑의 사용 용도를 그제야 헤아려 보기 시작했다. 밭! 밭! 밭!

밭이라고 해봐야 코끼리 세 마리 정도만 누우면 끝이지만, 말이 코끼리 세 마리지 엄니와 내가 하기에는 힘에 부쳤다. 삼선님께 홀딱 반해서 따라나선 길이 이리도 험했다. 밭에 돼지거름을 뿌리고, 비료를 주고, 서리태도 잘 마르게 잡아 주고, 고! 고! 고! 달려라! 달려라! 옆에서 엄니는 무엇이 그리 신이 났는지 호미로 밭머리를 두드리고 있었다.

밭일은 내가 가장 하기 싫어하는데, 그걸 알면서도 그여 붙잡아 밭으로 인도하신 엄니의 위력은 강하다. 이게 뭐냐고 엄니한테 구시렁구시렁거리다가 돼지거름 옴팡지게 뒤집어쓰고, 통박 먹고, 얼쑤! 얼쑤! 북이라도 있으면 두드리며 춤이라도 추겠으나, 미친년이 아니고서야 그 짓도 할 짓이 못 되고.

점심때 지나서 간 짜장면집은 한산했는데도 불구하고 삼선님이 드럽게 늦게 나왔다. 먹어 보니 짜장면보다 못해 억지로 해산물 걸러 내며 면발만 뜯고 있는데, 앞에 앉은 엄니가 오징어 다리를 건네주었다.

"오뗘? 맛나지?"

다시는 삼선은 안 먹겠다고 할 수도 없고 그냥 입에 면발 물고 응, 응만 해댔다. 물주가 엄니라 암 말 않고 돈 다 낼 때까지 옆에서서 기다렸다. 그리고는 똥 싸고 뒤도 안 닦은 것 같은 표정으로 엄니에게 말했다.

"비싼 거 먹으니까 화장실 가고 싶다."
"처멕여 줘도 난리여. 드런 년, 니년은 암 말 안 해도 드런 년이여."

허리 짚고 길 밟으며 울 엄니 따라 쉬엄쉬엄 집에 돌아오다가 다시는 밭일은 않겠다는 소리에 뒤통수 한 대 맞았다.

"왜 자꾸 때려! 나 아직 원고 마감 못 했단 말여."
"그런디?"

영구 읎다!

1.

꽃게 철이 들어 여기저기 어판장이 풍년이다. 오는 사람 잡지 않고 가는 사람 발목 무는 꽃게를 두고 올 엄니 협착증으로 방황하는 허리 모셨다.

까딱까딱 돌아가는 여객선만 달달거리고 깃발은 있는 대로 나부끼니, 따스한 5월은 비린내로 걸려서 어판장을 뒹굴어 다녔다. 배때기 허옇게 내밀고 차곡차곡 나무 상자에 올라 맞이할 손을 기다리는 꽃게를 엄니는 손이 무슨 근수를 다는 저울인 것마냥 척척 골라 한 봉다리 가지고 나왔다.

"엄마는 골라도 배때기 뽈록한 놈만 고르네."
"손이 야물어야지. 너처럼 바람이 숭숭 빠져나가는 손을 가지믄 못써."
"오째 말씀하셔도 그리 곱지 못하게 하실까 몰라."
"내 주둥이 가지고 내가 하는디 느가 보태 준 거 있어?"
"아, 꽃게 잘 고른다는 말이 잘못된 거여?"
"따지는 데는 도가 텄지. 너도 거, 오디냐, 거 있잖어. 거, 도를 아십니까? 거기 가 봐라. 아주 잘할 겨, 암만."

당신이 생각한 값보다 조금 더 비싸면 내 말을 잡고 늘어지는데, 그 늘어지는 길이가 어지간해서는 잘 끊어지지 않는다. 그럴 때는 무조건 칭찬보다는 아무 말 없이 그저 무거운 짐이나 들어 주는 게 상책이다. 돌아 나오는 길에 어판장에서 일하는 당숙 오빠에게 꽃게 발을 한 봉다리 얻어서 꽃게 놈인지, 년인지 낑낑거리며 가지고 돌아왔다.

한참을 주방에서 비닐 봉다리를 들었다 놨다 하던 엄니가 꽃게 발을 한 냄비 삶아 왔다. 이 꽃게 발이 어지간해서는 잘 깨지지도 않아서 가위로 옆을 잘라 꽃게 발끝으로 살을 살살 발라 먹어야 맛나다는 거. 비린내 진동하는 거실에서 꽃게 살이 이리 튀고 저리 튀고 입가에 근사하게 붙어 준다. 이보다 행복한 그림이 어디에 있을까.

먹다가 남은 꽃게 발을 냉장고에 모셔 두고 다음 날 꼭 다시 먹으리라 생각했다가 잊어버렸다. 사흘 후 엄니가 주방에서 아그작아그작 무엇인가를 씹어 드시는 것이 아닌가. 앞니며 어금니며 제이로 박혀 살아남은 것이 없는데, 어찌 저리도 깊이 있게 씹어 드시는 것일까.

당신 평생 틀니는 안 하겠다고 말씀하셨다. 이 없으면 잇몸으로 씹으면 된다고, 까스명수를 만병통치약처럼 복용하셨다. 그러다 주변 친구분의 말씀을 받들어 아주 고른 틀니를 몇 년 전에 하셨다. 세상의 모든 음식을 잘 씹어 본다고 기뻐하시며 질긴 고기도 잘근잘근 씹어 소화시키는 저력을 발휘하셨다. 아, 그때 이십 년 넘게 지참해 온 까스명수에게 안녕이라는 두 글자를 거침없이 내던지셨다는 거.

한참을 맛나게 꽃게 발을 드신 엄니가 화장실에 들어갔는데, 갑자기 욕이 사방팔방 뛰어다니기 시작했다.

"이런, 씨부랄! 이게 모냐고. 내가 시방 몬 짓을 한 겨! 니미, 내 이가 오디로 갔냐고. 이런, 씨부랄!"

깜짝 놀라 화장실 문을 열자 엄니가 얼른 손으로 입을 가로막으며 손사래를 쳤다. 우물우물거리며 뭐라 하시는데 통 알아들을 수가 없었다. 옆에서 '왜? 왜?' 외쳐 부르기만 했다. 못 알아듣고 서 있는 나를 보던 엄니가 갑자기 손을 떼고 소리를 버럭 질렀다.

"나가라고! 안 가고 뭐하고 있는 겨, 시방?"

순간, 있어야 할 자리에 없는 이 하나를 발견했다. 왼쪽 앞니가 깨져서 졸지에 영구가 되어 버린 엄니. 웃을 수도, 그렇다고 참을 수도 없는 표정으로 서 있다가 정말이지 욕을 바가지로 먹었다. 화장실 문을 닫은 엄니는 당신 성질에 못 이겨 스스로 욕을 했다.

"공짜로 게 발 먹고 생때같은 내 돈 나가게 생겼네. 씨부랄, 오째 이노무 인생은 빠진 이빨 자리맹키로 횅한 겨!"

성질 사그라지고 당신도 거울 보며 기가 막힌 듯이 웃었을 때 나는 나도 모르게 엄지손가락을 내밀고 영구 흉내를 냈다.

"띠리리리, 영구 읎다!"

한참 춤추다가 기가 막히게 뒤통수 한 대 맞았다.

2.

오랜만에 집에 놀러 온 이모가 앞니 깨진 엄니를 가만히 바라보며 서 있다가 박장대소를 했다. 이모는 데굴데굴 구르며 웃고, 이모부는 어쩔 줄을 모르는 모습으로 웃었다.

"저노무 지지배는 오랜만에 와서 웃고 지랄이여. 내 생돈 나가
게 생겼구먼."
"아이고, 배야! 언니 꼭 영구 같어."

 같이 사는 나도 우회 도로를 타고 던진 말을 이모는 너무 쉽게 엄
니에게 돌직구로 던졌다. 그래, 나는 딸이니까 뒤통수 한 대로 끝났
지만, 이모는 엄니를 친정 엄마로 생각하는 통에 어떤 변수의 권법
을 날릴지 궁금했다. 그러나 내가 기대했던 권법은 나오지 않았다.
 이빨이야 끼워 맞추면 그만이래도 틀을 찍어 가짜 이로 나오기
까지 2주라는 시간이 걸린다. 그 2주 동안 바깥출입은 물론이고, 잠
깐이라도 가게에 갈 때도 입을 가리는 완전 무장을 했다. 잘 웃지
도 않고, 음식을 먹으면서도 입을 가리고 먹는 통에 '앞니 빠진 대
장군 우물가에 가지 마라' 놀려 먹지도 못했다.
 한때 엄니의 이 없는 자리를 보며 자지러지게 웃었던 이모부가
임플란트를 하기 위해 6개월 동안 앞니가 빠진 상태로 있어야 한
다고 했다. 모처럼 놀러 온 이모부를 보고 엄니가 허리를 잡고 웃는
다. 앞니 빠진 이모부와 틀니 낀 엄니가 서로 마주 보고 동시에 '영
구 없다'를 하고 계신 것이 아닌가.

꿈,
꿈이라고?

대문 앞에 놓아둔 의자에 이모와 아부지가 앉아 성주산 꼭대기를 바라보며 얘기를 나눴다. 듣는 귀가 상당히 발달한 나는 장독대를 왔다 갔다 하며 귀동냥을 했다. 눈발 멈추자 햇살이 따뜻하게 양지 바른 의자 위로 쏟아졌다. 그때가 아부지 돌아가시기 한 달쯤 전이었다.

"형부, 나는 오째 죽은 사람이 무서운지 모르겠소."

"산 사람이 무섭지, 오째 죽은 사람이 더 무섭남."

"그냥 무섭네. 그래서 내가 가방에 염주 넣어 갖고 다니잖어. 기도하려고."

"무섭긴 뭐가 무숴? 보이는 것이 무서운 벱이여."

이모는 뜬금없이 아부지에게 죽은 사람 이야기를 했다. 아부지는 뜬금없이 침대 위치를 바꾸라 했고, 뜬금없이 춥다고 했다. 뜬금없이 삶이 외롭다고 했고, 뜬금없이 속이 허하다고 했으며, 뜬금없이 발이 시리다고 했다. 그렇게 아부지의 죽음은 뜬금없이 왔다. 돌아가시던 날 아침은 엄니에게, 점심은 동네 어르신들에게, 마지막 저녁 밥상은 나에게 받고 돌아가셨다.

주무시다 말고 엄니가 서럽게 운다. 진짜로 우는 것이 아니라 꿈에서 마른 울음을 운다. 엄니를 깨워 무엇이 서러워 우느냐고 물었다. 니 아부지 장례를 또 치른다며 마른 울음 삼키며 말했다. 아부지 장례를 수도 없이 치르는 엄니와 같이 잠들면서 가끔 나도 진저리치게 마른 울음으로 운다. 다시 주무시는 엄니의 등을 쓰다듬으며 비 오는 소리를 들었다. 귀뚜라미 젖은 소리가 가득한 밤도 있었다.

아부지는 농담을 잘하셨다. 동네에서 가장 키가 크고, 목소리도 크며, 걷는 걸음의 보폭도 컸다. 자전거를 타고 이장 콩밭을 지나다가 문득 서서 두 손 모아 비는 아부지.

"비둘기님, 비둘기님, 우리 콩밭에 오지 마시고 이장 콩밭에서 배때기 뽈록 나오게 드셔요."

보리콩을 심어 거두어들일 즈음이면 비둘기들이 날아와 뒷짐 지고 껍데기마다 쪼아 대는 통에 제대로 수확한 적이 없었다. 소리도 질러 보고 깡통도 두드려 봤지만 효과도 없고, 그저 남의 집 콩밭에 내려앉은 비둘기에게 두 손 모아 우리 밭에는 오지 말라고 빌 뿐이었다.

엄니와 아부지의 다툼은 손톱만큼 아주 작은 것에서 시작됐다. 손톱깎이가 어디에 있느냐고 물어도 대답하지 않는다고, 조개 많이 잡아 온다고, 밭에 오면서 물 안 가져 왔다고 등. 가끔은 아부지와 엄니를 보면서 사는 게 다 저럴까 싶은 생각에 사랑의 종류와 다양성에 대해 엄니에게 물은 적이 있다. 엄니의 사랑은 어떤 거냐고. 그때 내게 던진 한마디.

"구신 씻나락 까먹는 소리 허고 앉았네."

내 광은 늘 씻나락을 까먹어서 쭉정이만 가득하고 풀썩풀썩 먼지만 날렸다. 그래도 새끼들보다 아부지의 엄니 사랑은 극진했다. 매사 통통거려도, 목소리 크게 소리 질러도 늘 아부지는 엄니가 엄지였다.

보령시 청라면 ○○리. 11남매의 장남. 누런 용이 마을을 휘감아 돌았다던가, 어쨌다던가. 마을마다 있는 전설 가운데에 태어난 아부지. 한때 '○○리 뻘건 마후라'로 불리며 장정 서넛은 거뜬히 뒤집기했다는 아부지. 물론 보지 않은 이상 진실의 실체는 할매의 그 늘 속에 움츠리고 있다.

내 어릴 적에 먹을 게 없어 할배 집에 가면 늘 시루떡 가장자리 만 먹었다. 도대체 네모반듯한 시루떡은 어디로 간 걸까? 뭉게뭉 게 구름이 되었을까? 할배는 왜 엄니를 미워했을까? 가난 중에서 배고픈 가난이 가장 비참했다. 그 안에서 아부지와 엄니는 허겁지 겁 시루떡 가장자리를 먹는 새끼들을 보며 집안을 뒤집었고, 한동 안 할배 집에 가지 않았다. 그 많던 부침개는 어디로 갔을까? 지짐 지짐, 분명 매미가 되었을 것이다.

정 많고 사람 좋아했던 아부지. 돈 없고 가난한 이들의 이승 끝 자락을 꼼꼼히 자신의 손으로 묶어 저승으로 인도했던 분. 한편으 로 아부지 가시는 길이 그리 슬프지만은 않았다고 생각한다. 하지 만 아부지 키에 비해 관이 작아 발이 밖으로 나왔을 때, 왜 그때 아 부지의 그 말이 생각났을까.

"경희야, 나는 왜 자꾸 발이 시렵나 모르겠다."

가시는 날 눈이 많이 내렸다. 오장육부 뒤집어지게 흩날리던 눈 속으로 아부지가 들어갔다.

엄니가 또 마른 울음을 운다. 잘 참아 내고 있다고 직접 밭 일구 는 삶으로 보여 주던 엄니가 꿈속에서 날마다 운다. 저승 가신 아 부지는 잘 계시는 것 같은데 산 사람만 힘들어한다. 습관처럼 꿈속에서 또 꿈을 꾼다.

"엄니, 또 꿈 꿨구만."
"응? 나 왜 이러나 모르겠다."

진순아!
진순아!

"야, 야! 개년이 도망갔다. 이년이 쫓아가면 도망가고 서 있으면 같이 서 버리니, 나 원 참! 이 씨부랄 게 오라면 가고 가라면 와야. 느가 와서 잡아 봐야겄다. 내 말이 개 말이라면 듣기라도 혀야지. 귓구멍에 쇠말뚝을 박아 놨나. 당체 들어 먹들 안 혀. 그러니께 잠깐 와 봐라!"

아파트로 이사 오면서 동네 아주머니께 진순이를 보냈다. 집이 촘촘히 벌집 앉은 듯이 많은 아파트라지만 개집 하나 얹을 수가 없다. 성대 수술을 해서 데리고 들어올 수도 없는 처지라 어쩌지 못하다가 산 중턱 학교 앞의 가게 옆에 집 한 채 올렸다.

오는 손님에게 꼬랑지 돌리고 가는 손님에게 또 오시라 인사 깍듯이 해라 했더만, 모가지에 끈 풀어지자 '아이고, 내 세상이구나!' 하고 달렸나 보다. 날도 날을 골라 추수한다는데 하필이면 복날 날아 버렸으니, 가 봐야 가마솥이거나 개장수 철망 안일 텐데, 이리 한숨에 뒤집어지는 것이 혓바닥이라, 쫏쫏쫏 소리도 끌끌끌 소리로 들리고, 날 더운데 개 잡으러 가는 내 신세가 도망간 개 신세보다 못하다는 빌어먹을 생각도 했다. 오죽하면 집 떠난 개년 잡아 달라고 전화로 구구절절 얘기한 애끓는 아줌마의 마음이 떠오르다가, 이 개년을 잡아다가 개 패듯이 잡도리를 해야지 결심을 하기도 했다.

아이고, 이 불쌍한 년은 울 아부지 사랑을 옴팡지게 받다 보니 자기가 사람인 줄 착각을 해서, 대문 앞으로 지나가는 사람들에게 텃세라도 부리듯이 오만가지 상으로 짖어 댔었다. 그 집에 살면서 주위의 집들은 도둑을 두어 번씩 맞아도 우리 집은 단 한 번도 맞지 않았다. 땅속 파이프에 금 간 것도 모르고 밭에 물만 주다가 턱없이 나온 수도세에 정부 욕을 실컷 했는데, 어느 날 진순이가 코를 킁킁거리며 울안 한쪽 구석을 앞발로 파며 낑낑거리는 것이 아닌가. 그곳으로 가자, 아니, 이것이 웬일인가. 주위가 온통 물바다라, 대천 바닷물 끌어다가 철썩철썩 때리고 있었다.

가끔 한 번씩 자기가 싼 똥을 아무 거리낌 없이 먹어 버리는 멍청한 짓만 하지 않는다면 개 중에서 아주 일등 개라 칭찬하고 싶어도 그럴 수가 없다. 사람이 없을 때는 싸지 않는 똥을 꼭 사람이 앞에 있으면 다리 벌려 싸 댔다. 대가리 얻어맞아도 좋다고 꼬리 흔드는 모습을 보면 헛웃음만 나오고, 성질머리가 주인을 닮았다는 이야기를 종종 듣기도 했지만 그 속을 누가 알까. 개도 주인도 겉모습만 바락바락이지, 속은 대천 앞바다 푸른 파도 같다는 것을.

아부지 저승 간 줄 모르고 대문만 바라보며 목 빠지게 기다리던 그년, 엄니 드릴 미역죽 끓이는 김에 같이 쇠고기 듬뿍 쓸어 넣은 국물 부어 주며, 아부지 저승 간 지 3일 지났다고 울며불며 꺼익꺼익 붙잡고 이야기했었다. 개 속도 속이 아니라 내리 사흘 동안 밥을 먹지 않더니, 급기야는 창세기(창자)도 언다는 추위에 바짝 말라 언제 죽나 바라보게 하였다. 한참을 맹추위 속에서 눈물 바람으로 울어 댔는데, 그런 년이 집 떠나 길을 떠도는 방랑자 개가 될지도 모른다는 생각에 부랴부랴 차를 돌려 가게로 들어갔다.

"아침에 목욕시켜 예쁘게 해줬더니 그냥 나가 버렸네. 털 뒤집어 쓰고 한여름 나는 거 안쓰러워 몸보신하라고 닭도 고아 국물 말아 줬어. 이년이 은공은 몰라도 손맛은 알아야지. 썩을 년이 부르면 달려가고, 안 부르면 서 있고, 속창아리도 없는 년, 멕여 주고, 재워 주고, 놀아 주고, 똥도 쳐 주고, 뭐가 문제여. 이 냥반이 한 시간째 쫓고 있는디, 자래 길로 가 봐! 한참 됐으니께."

뒤쫓아 갈 바람이 덥다 못해 끈적거려 속으로 집 나간 개년만 욕

하다가 저 멀리 숲 속 근처에서 허연 개가 꼬랑지로 허공을 탁탁 치면서 걸어가는 모습이 보였다. 차 세워 두고 잊어버렸을 이름을 힘껏 불렀다.

"진순아! 진순아!"

순간 이년이 달리다 말고 뒤돌아보는 것이 아닌가. 뒤에서 성질 바락바락 내며 걸어오던 아저씨가 던진 한마디에 나는 오도 가도 못 하고 그 자리에 서 버렸다.

"저년 좀 봐, 저년! 밥 멕여 주고 똥 쳐 주는 지금 주인은 콧등에도 없구먼. 참 벨일이여. 몇 개월이 흘렀는디도 전 주인을 잊지 못하냐고. 목소리만 들어도 깽깽거리는 걸 보면, 시상에, 사람보다 낫구먼."

진순이 이름을 부르자 이년이 달리다 말고 두 귀를 바짝 내리더니 꼬랑지를 가랑이 사이에 넣고 오줌을 질질 쌌다. 아저씨가 한시간 동안 쫓던 개를 만난 지 5분 만에 잡았다. 기가 차도 콧구멍이 두 개라 다행이라 여기는 아저씨가 가져온 끄냉이(끈)에 목 조이며 끌려와 묶였다. 그냥 두고 오자니 마음이라는 것이 요물이라, 어쩌지도 못하고 눈빛만 오고 갔다. 결국 냉큼 떨어지지 않는 발걸음을 진순이 낑낑거리는 소리에 담아 두고 집에서 끙끙 앓고 있는 엄니 찾아 숨 가쁘게 달려왔다.

오장육부가
지대로 돌아간다는 증거여

1. 이건 덤이다!

"올겨울도 못 넘기고 갈라나 벼. 병원으로 보러 올 사람 보러 오라고 하는디, 내 속이 무너지드라고. 죽는 것을 미리 알고 가면 안될 것이드라구. 그거 못 할 짓이지. 나도 저승 갈 때 느 아비처럼 가고 싶당께. 그냥 암 소리 읎이 단박에 가야지. 죽는 날짜 받아 놓고 오늘 갈까, 내일 갈까 기다리면 얼마나 환장할 일이겄어. 에휴, 속은 망가졌어도 정신은 말짱헌디, 그 사람 욕보고 살았는디, 오째 그런 사람만 잡아가느냐고. 돈 벌어서 자기 집 가진다고 좋아라 하더만. 부동산 놈들이 사기꾼들이지. 그 돈 떼먹고 날라 부렀으니. 평생 전봇대 타서 번 돈인디, 그돈을 가지고 튀어 버리는 썩을 놈들이 어디 있냐고. 새끼 셋 낳아서 제금 내주고 인자 손자새끼 불알 만지며 살 나이에 그게 머냐구. 그라구, 사람들도 그렇지. 친절하답시고 가차이 살믄서 어찌 입이 아닌 똥구멍으로 지랄들이여. 그 동상이 잘못했간? 사람이 고운 맘 써야지. 저승길 가는 사람 뒤통수에 대고 지랄하는 인간들은 다 베락 맞아 뒤질 겨. 오째 사람들이 그 모냥이여. 동상이 잘못한 일도 아닌디, 왜 아픈 사람헌티 죄를 몽땅 뒤집어씌우느냐고. 사람이 그래서는 안 되는 겨. 암 그렇고말고. 넘 야그 함부로 혔다가는 혓바닥에 바늘 돋을 겨. 그 동상이 그래서 병 생긴 겨. 말 못 하는 속병이 죽을병인 겨. 암이 머여? 그게 다 속병 아녀? 몸 구석구석으로 퍼져서 오디 손쓸 데도 없다드구만. 마음병인 겨. 몸에 생채기 나면 약이나 바르면 되지만, 마음에 생채기 나면 약도 읎어. 암, 읎구 말구. 인명은 재천이라구, 하늘에서 하는 일을 무신 수로 막을 겨? 저승 가는 사람만 불쌍허지, 산 사람은 어떻게 해서든 살어. 나 봐라! 느 아비 저승 가고 나 편안히 먹고 살잖어. 그저 아픈 몸뚱아리 땜시롱 고생허지만 어쩌겄어, 나만 아픈 것도 아니고. 동네 돌아다녀 보믄 유모차 하나씩 달달달 끌며 다녀야. 그 동상 참말로 불쌍허지, 불쌍혀. 그러니께 내 통박도 면박도, 그려, 내 방구도 사랑이라 생각하구 먹어."

"아, 그러니까 보리비빔밥 먹지 말라구 했잖어!"

"에라, 이건 덤이다!"

코밑으로 손이 쑥 들어오면서 미소를 살짝 짓는다. 좀 전에 숨도 안 쉬고 동네 동생 저승길 간다고 눈물짓더니만, 그 눈물 어디로 가고 류머티즘 관절염으로 삐뚤어진 손가락을 들이미는 것인가.

"엄마! 드러워서 토 나오겠네."
"이것이 다 오장육부가 지대로 돌아간다는 소리여. 알간?"

콧구멍으로 들어오는 냄새에 한동안 창밖을 매가리 없이 바라만 봐야 했다. 꾸벅꾸벅 졸고 있는 깡똥 별에게 손안에 든 방귀 한 줌 던져 주기도 했다.

2. 진순이 똥

진순이 엄마 이름은 진순이다. 진순이 엄마의 엄마 이름도 진순이다. 3대가 진순이다. 할머니 진순이가 엄마 진순을 낳았고, 엄마 진순이가 지금의 진순이를 낳았다. 개 이름을 할머니부터 지금의 손녀인 진순이까지 통일한 분은 엄니이다. 진순이 똥 누는 모습을 빤히 쳐다보다가 엄니에게 왜 나오는 새끼마다 이름이 진순이냐고 물었다.

"내 입이 진순이로 뱄는디 어쩌겠냐. 맨날 진순이라고 부르다가 이름 다른 개새끼한테 진순아 하고 부르면 그년 기분이 어쩌겠어? 밥 주는 주인네라 물어 버릴 수도 없고, 매가리 읎이 꼬랑지만 흔드는 것이지. 나도 어제오늘이 달라야. 아까 일도 까무룩인디 개새끼 이름 갖고 왈가불가허겄냐. 그러니께 편한 대로 살자고. 이년이 진순이면 어떻고, 저년이 진순이면 워뗘! 이름이 중요한 것이 아니랑께. 사는 게 중요허지. 개새끼라고 대가리가 읎는 것도 아니고, 사람보다 나은 게 개여. 겁대가리가 많아서 짖지만, 나를 지켜 주는 것이라고 생각하믄 편해지는 겨. 근디 저년은 왜 사람이 앞에 있을 때만 똥 지랄이냐구! 읎을 때나 싸지, 가랑이 딱 벌리고……. 오매, 오매, 저것 봐. 저 지랄 맞을 년, 말 끝나기가 무섭게 또 싸는구면."

"왜 그래. 진순이도 오장육부가 지대루 돌아간다구 하는디."

고와서
눈이 다 아프네

엄니의 주민등록증이 사라졌다. 여기저기 뒤져 봐도 '나 죽었소' 나오지 않는다. 이사할 때 잃어버렸는지, 아니면 울 엄니의 보물 보자기 속에 들어 있는지 도통 찾을 수가 없다. 아무리 찾아도 보이지 않는 것들이 어느 순간 물고기처럼 튀어나오는 경우도 종종 있기에 오만 가지 잡스러운 공책과 엄니의 옷을 뒤적거렸다. 하지만 어디에 숨었는지 나오지 않았고, 엄니는 뒤에서 나이 먹으니 주민등록도 말소가 되는가 보다고 신세 한탄에 구구절절 한 많은 이 세상 야속한 임을 외쳤다.

늙어도 대한민국 사람이요, 어디를 가나 주민등록증을 까라 하지 않는가. 코앞에 죽음을 두지 않고서야 꼭 필요한 것이 '민쯩!'이라 굽어 가는 허리 붙잡고 동사무소를 찾아갔다. 사진 찍어 오라고, 오래 묵은 사진은 안 된다며 단박에 자르는 말씀에 울 엄니 구시렁구시렁 사진관 찾아 길 떠나갔다.

사진관에 앉아 거울을 바라보며 머리단장을 하던 엄니가 듬성듬성 머리카락 빠진 자리를 매만졌다. 늙어도 곱게 늙어야지, 인상 바가지 쓰고 있으면 어쩌나 걱정 아닌 걱정을 하셨다. 그런데 20분 만에 나온 사진 보고 어쩌나 화기애애한지, 주인아줌마 칭찬에 없던 돈도 침 발라 냉큼 내놓을 기세라. 뻘건 옷에 얼굴이 균형이 잡혔다고, 그 나이에 이렇게 곱게 나오긴 힘든데 아줌마는 아주 잘 나왔다고, 입에 침이 마르도록 칭찬을 하니 울 엄니 얼쑤 신이 나셨다.

동사무소에 당당히 당신 얼굴을 내밀고 임시 주민증 받아 넣으셨다. 아따! 집에 와서 액자에 당신 주민등록증 사진 붙여 놓고 요리 보고, 조리 보고, 보고 또 보고, 한참을 들여다보다가 엄니 하시는 말씀.

"나 처녀 적 얼굴이 나온다, 잉? 오뗘? 곱지?"
"그려, 고와! 엄청 고와서 눈이 다 아프네."
"드런 년, 그냥 좋게는 말 못 하지. 너두 내 나이 묵어 봐! 이게 사는 맛이라는 것을 알 테니께."

귀신이
곡할 노릇

    꼴깍꼴깍 숨넘어가는 엄니를 종합병원 응급실로, 좋다는 대학병원으로 여기저기 모시고 다녔다. 심장 판막의 문짝이 고장 난 것은 약으로 치료한다는데, 종잡을 수 없는 것은 멀쩡하다가 갑자기 찾아오는 호흡 곤란 상태였다. 알아야 잡아서 족을 치든지 하지, 병명도 모르고 엄니 모시고 사는 나는 혼자 애걸복걸했다. 그러다 육근상 시인을 통해 달려간 병원에서 정말 우연히 들은 '천식을 앓지 않았느냐'는 말에 거짓말처럼 엄니와 내 눈이 딱 마주쳤다.

    3년 전 어깨 수술을 하면서도 산소 부족 상태가 와서 호흡기를 끼고 있었다. 그때도 천식에 대해 잊었다가 큰일 날 뻔했다. 천식의 무서움을 이제야 느끼게 된 것을 다행으로 생각하면서 영양제에 보약까지 마시게 하고 엄니를 일으켜 세웠다.

아부지 저승 가시고도 그 뒤로 여럿 보내 마음고생을 심하게 한 엄니와 이모 내외가 베트남 여행을 떠났다. 여행길에서 만난 것은 베트남 보물이 아니었다. 1973년 당신 결혼하며 가져온 사주단자가 여행 가방 깊숙이 들어 있었다고.

귀신이 곡할 노릇이지. 1979년 한여름 밤에 들이닥친 거대한 물에 장롱 구석에 모셔 둔 탯줄과 함께 다 떠내려간 줄 알았다고 한다. 생뚱맞은 곳에서 튀어나올 줄은 꿈에도 몰랐다며, 혹시나 저승 간 느 아비 혼백이 함께 온 것은 아닌가 싶어 뒤돌아보기가 영 거시기했다는 엄니.

아부지 돌아가시기 전, 다음 해에 꼭 이모 내외와 홍콩 가자고 약속을 했다. 그 약속 못 지키고 저승 간 것이 영 거시기했는지, 청실홍실 곱게 모셔진 채로 여행 가방 구석에서 나왔다는 사주단자. 울 엄니 그것 보시고 처음에는 기가 막힌지 코가 막힌지 알 수 없이 어안이 벙벙하여 아무 생각이 없었다는데, 정신 차리고 잠깐이지만 소름이 확 끼쳤다고.

올케 궁합,
떡 궁합

1. 언니 엄마간?

"언니는 도대체 왜 그리 말을 안 들어? 엄마 편찮으시면 알려 달
라고 몇 번을 말했어. 언니 엄마간? 내 엄마여."

착한 몸매에 도도해 보이는 얼굴을 한 그녀. 그러면서 입만 열면
충청도 사투리가 사시사철 철철철 흘러넘치는 그녀는 내 큰올케다.
큰올케와의 인연은 거짓말 같으면서도 참말이라는 이야기가 따

라붙는다. 7년 전 내가 절에 살 적, 울 엄니가 사고로 왼쪽 발등이 깨지는 일이 있었다. 수술은 받아야 하고 먼 곳으로는 가기 싫다고 해서서 동네 병원에 입원했다. 그때 울 엄니 앞 침대에 아가씨가 누워 있었는데, 큰 키에 서글서글하니 매력적인 얼굴이었다.

나야 결혼 놓은 지 오래고, 큰동생은 노총각 소릴 듣다 못해 직장에서 삼촌 정도의 위치에 올라와 있었다. 어떤 아가씨가 무뚝뚝하고 표현할 줄 모르는 이 총각과 결혼할까 싶었다. 물론 막냇동생도 큰동생과 도진이 개진이 하고 있었다. 우리 집안은 말 그대로 노총각 노처녀가 판치는 노노노 집안이었다.

인연이 되려면 이리 가도 만나고, 저리 가도 만나고, 돌아가도 만나게 된다. 이 아가씨가 어찌나 싹싹하고 곱던지, 내심 둘 중 하나만 찍어라 찍어라 외치고 있었다. 그러다 아무도 모르게 큰동생과 눈이 맞아서 어느 날인가 짜짠 하고 나타났다. 밥 안 먹어도 배부르고, 부르지 않아도 속에서 흥얼거림이 나왔다. 나도 그런데 울 아부지, 엄니는 오죽했을까. 만난 지 6개월 만에 결혼 이야기가 나오고, 1년도 안 되어 결혼을 했다. 그렇게 해서 병실 아가씨가 지금의 큰올케가 됐다.

아부지 저승 가시기 전 큰동생 내외는 딸을 낳았다. 큰딸의 새끼를 기다렸던 아부지는 첫 손녀를 보자마자 내 존재를 잊어버렸다. 오로지 손녀에 대한 사랑으로 지극정성이 하늘까지 뻗쳤다. 자기의 소원을 들어준 큰올케는 아부지의 사랑을 듬뿍 받았다. 음식 취향이 똑같아서 보신탕에 추어탕까지 함께 오붓하게 먹으러 다녔다.

몇 년을 객지 생활을 하면서 큰딸 노릇은 물 건너가 버린 내 자리로 올케는 딸처럼 살갑게 들어왔다. 세상 어느 며느리가 자기 엄니처럼 아부지처럼 대한단 말인가. 이래저래 시집간 친구들 이야기를 듣자 하면, 남편이라는 사람은 남의 편이라고, 왜 결혼을 했는지, 사랑이라는 것에 의문이 든다고 아무 거리낌 없이 나불댔다. 시댁의 '시' 자 들어간 음식은 절대 입에도 안 된다는 작금에 그녀는 시금치, 시래기나물 등을 아무렇지 않게 먹었다.

큰올케가 고등학교에 다닐 때 아버지가 교통사고로 그 자리에서 돌아가셨다. 젊었던 어머니는 갖은 고통과 시련 속에서 꿋꿋이 딸과 아들을 키웠다. 큰올케는 아버지를 잃은 괴로움에 우울증에 시달렸고, 죽음으로 내달리는 자신에게 놀라 마음을 바꿨다고 한다. 그 후로 늘 긍정적인 생각을 하며 무엇이든 잘할 수 있다고 스스로 주문처럼 외우고 산다고 했다. 긍정적인 생각이 나를 바꾸고 세상을 바꿀 수 있다는 사실을 이미 알고 있는 큰올케에게 늘 박수를 보낸다.

2. 내 애가 아녀유

둘째가 아들이라고 아부지께 초음파 사진 보여 주며 정확하게 콕 불알을 짚은 큰올케. 그날 우리 가족은 아들이라는 말에 들떠서 탕수육으로 기쁨을 마음껏 나눴다.

달이 흘러 둘째가 나올 무렵 배가 새벽부터 사륵사륵 아프다며 병원으로 가야 할 큰올케가 시댁으로 들어왔다.

"엄마! 배가 살짝 아프기만 허고 좀 이상헌디, 밑 좀 봐줘 봐유."
"그려, 오디 봐 봐!"

사이가 좋아도 이리 좋을까. 며느리는 다리 벌리고, 시어머니는
벌린 다리 사이를 보고.

"아가, 언능 병원 가 봐야 허겄다. 문이 열렸다니께."

부랴부랴 택시 불러서 산부인과로 달렸다. 올케는 분만실로 들
어가고 우리는 문밖에 서서 기다렸다. 얼마 지나지 않아 갑자기 아
기 울음소리가 들렸다.

"오매, 오매, 우리 새끼 나왔나 보네."

엄니가 아기 울음소리를 듣고 분만실 안으로 들어가려고 하자 끙
끙 힘을 주던 올케의 목소리가 문밖으로 흘러나왔다.

"내 애가 아녀유, 내 애가 아녀유."

옆 분만실에서 들리는 아이 목소리가 당신 새끼인 줄 알고 들어

가려던 엄니 손을 꼭 잡은 사람은 큰아들이었다.

3. 나 인천 여자대!

"엄마! 오빠 좀 짖꾸져 주세요."
"언니, 혹시 박호 있어요?"
"왜 광똥이 나오냐구!"
"어머, 몬지 좀 봐."

그래, 이 정도는 해줘야 재미있는 집안이다. 두루두루 평안하다. 한쪽만 손바닥 열심히 쳐 봐야 헛지랄이다. 손바닥도 마주쳐야 소리가 나듯이 큰올케의 엉뚱함이 작은올케의 황당함을 만나 한 쌍을 이룬다.

'짖꾸다'는 '꾸짖다'이고, '박호'는 '호박'이며, '광똥'은 '똥광'이고, '몬지'는 '먼지'를 말한다. 한 글자씩 바꿔 부르는 재주가 남달라 작은올케는 단어의 마술사가 아닐까 하는 생각도 해 봤다. 더 이상한 점은 우리 식구가 올케의 말을 다 알아듣는다는 것이다.

인천에서 대천으로 시집온 지 얼마 지나지 않아 작은 접촉 사고가 났다. 큰올케가 둘째를 임신한 상태에서 운전을 했고, 나와 작은올케, 엄니가 차에 타고 있었다. 뒤에 오던 차가 큰올케 차를 살짝 박은 것인데, 바로 미안하다 한마디만 했으면 끝났을 일을 여자라고 얕본 아저씨가 다짜고짜 차 문을 열고 나와 소리를 질렀다.

"아니, 여자들이 말야, 집에서 밥이나 할 일이지, 어디서 차를 끌
고 나와서 앞길을 방해하고 난리야!"
"저런 썩을 놈을 봤나. 니가 나 밥하는디 쌀을 줘 봤어, 불을 줘 봤
어, 잉? 지가 잘못했으믄 정중히 사과하믄 끝날 일을 주둥이가 비
틀어졌나, 왜 지랄이여?"

여기까지가 엄니와의 정중한 대화였다. 그래, 이 정도는 애교에 가
깝다고 생각했다. 뒷좌석에서 내리지 않고 앉아 있던 작은올케가 엄
니와 판을 펼치고 있는 아저씨를 노려보며 차 문을 박차고 내렸다.

"아니, 이 할망구가 어디서 난리여, 잉?"
"아저씨! 왜 우리 어머니한테 그러세요? 아저씨가 잘못했으면서
왜 큰소리를 치시냐구요!"
"넌 뭐야?"
"나 인천 여자다! 왜? 어쩔래?"
"뭐야?"
"내가 인천 여잔데 뭐 보태 준 거 있어?"

허리에 손을 얹고 다짜고짜 달려들어 좌우를 심하게 흔들어 놓은
작은올케는 동생이 오고 나서야 애교 많고 겁 많은 여자로 변신했다.

작은올케는 키가 아주 작다. 어릴 때 불렸던 별명은 잣이었고, 조금 컸다고 땅콩으로 바뀌었으며, 지금은 아몬드라고 했다. 그녀는 작은 고추가 맵다는 말을 몸으로 보여 주며 살고 있다.

그런 인천 여자가 결혼하고 3년 동안 힘든 일을 많이 겪었다. 그런데도 늘 밝게 웃으며 괜찮을 거라고 긍정적인 모습을 보인다. 그 마음 그대로 갖는다면 분명 좋은 일들이 있을 것이다. 인천 여자인 작은올케에게도 박수를 보낸다.

기운센
천하장사

아부지 살아 계실 적에 밭농사 지어 품앗이로 이 집 저 집 잘도 나눠 주었다. 넘쳐흘러 썩어 나가기보다 나눠 주기에 도가 텄던 분이라 친한 이웃에게 조개, 머윗대, 쑥, 배추 등은 물론 행복이라는 아부지의 미소까지 덤으로 갔다.

혼자 사시는 사돈댁에도 줄기차게 오토바이로 날랐다. 성주산을 넘어 부여와 경계가 되는 곳으로 배추며, 무, 알타리, 파, 콩 등을 가지고 바람을 갈랐다. 두 손을 불끈 쥐고 보령댐 물비린내를 맡으며 벚나무 이파리를 바퀴로 갈랐다.

삼십 대 중반에 혼자가 되어 남매 키우느라 이 고생 저 고생 안 해본 고생 없는 미산 사돈 어르신이 보령댐 안에 집을 두고 외곽으로 나와 산 지 오래. 믿을 사람 아무도 없다고, 당신 속으로 까 놓은 자식새끼만 있을 뿐이라고, 흐르는 물결을 눈물로 친 세월에 달빛이 흐트러졌다가 다시 모였다.

웃기는 장면을 보고도 우는 큰올케의 눈물 많은 사연을 알지 못했기에 더더욱 과부의 내리치는 마음은 알지 못했다. 사람이란 내일 일을 모르는 것이라, 그리 가까운 세월에 울 엄니가 과부가 될 줄 누가 알았겠는가.

저녁밥 잘 드시고 잘 노시다가 식구들 다 있는 곳에서 아무런 언질도 안 하시고 돌아가신 아부지를 생각하면 지금도 눈물이 앞을 가린다. 강물도 흐르고, 구름도 흐르고, 물웅덩이 속으로 바람도 흐르고, 흐르지 않는 것들이 어디에 있을까.

아부지 저승 가시고 당신이 보시했던 것을 엄니가 받고 있다. 사돈 어르신이 엄니를 언니로 여기고 늘 챙겨 주신다. 사돈도 잘 만나야 사돈이지, 쌍칼로 휘날리는 집안이 어디 한두 집이겠는가. 이웃 사촌만도 못한 게 친척이고 사돈 아니던가. 내가 알고 있는 집안을 들여다봐도 쌍칼은 그저 웃긴 이야기이고, 소설에나 나올 법한 무수한 일이 소리 없이 행해지고 있다. 그러니 이 또한 복이 아닐까.

엄니가 아부지 돌아가시고 병석에 누워 일어나지 못하자 사돈 어르신이 시장을 봐 와 문간에 놓고 가셨다. 갈치, 멸치, 꽁치, 밴댕이, 아욱, 냉이, 달래, 취나물, 세발나물, 어묵, 단무지, 두부, 호박에 보자기를 펼쳐 보면 세계 지도로 앉은 것들이 반짝거리며 바라보고 있었다. 받는 일도 한두 번이지, 한 달에 한 번 장을 봐 오니 죄송한 마음이 이리저리 방 안을 뛰어다니느라 갈팡질팡이라는 거.

나이 접어 두고 과부도 위아래가 있어 일찍이 과부의 길을 가신 사돈 어르신이 먼저인지라, 그 마음 잘 알아 보듬어 주시는 만큼 스스럼없이 가까이 지내며 살고 있다. 두 주먹 불끈 쥔 쌍과부의 입담이 어지간한 나무뿌리 한 그루는 뒤집을 정도로 기운 센 천하장사이다.

첫눈

대문 옆에 묶어 논 진순이보다 더 펄쩍펄쩍 뛰었다. 눈앞이 캄캄
해지는 개의 두려움보다 내 즐거움이 훨훨 날아다녔다. 내리는 눈
을 입으로 받아먹었고 손으로 받았다. 옆에서 김장 배추 절이고 있
는 엄니는 징글징글하다며 소매 끝으로 콧물을 닦았다.

날을 고르고 고르다가 갈잎 서걱이는 소리 적은 날 골라 김장을
하려 했더니 눈이 내린다며 엄한 진순이만 타박이었다. 그래, 멀뚱
거리며 바라보는 진순이 타박이면 다행이라고 생각했다. 화살이
직통으로 내 안으로 쑥 들어온다면 김장이고 뭐고 다 뿌리치고 도

망갈 생각을 하고 있었다.

매년 이맘때, 그것도 새벽별이 채 넘어가기도 전에 아부지는 오토바이에 큰 통을 달고 달달달 바다로 향했다. 허연 통에 바닷물을 담아서 찰방찰방거리는 새벽길에 무슨 접선을 하는 것마냥 아스팔트 위에 부호를 흘렸다. 사위가 밝아 오기 시작하는 바다에서 맑은 물을 떠 와 배추를 절이는데, 그 맛은 숨 막히듯 오른 산 정상에서 마시는 공기 같은 맛이라고나 할까.

오래전부터 해변 근처에 사는 사람들은 배추를 바닷물에 절여서 먹었다. 소금값이 금값보다 더한 시절에 행했던 것이나, 이 또한 지혜라 어지간해서는 따라잡을 조상님의 머리는 없을 듯하다.

맛있는 음식은 개도 안다고, 진순이 년이 절인 배춧잎을 줄 때마다 마다 않고 아삭아삭 씹어 먹었다. 옆에서 콧물 훔치던 엄니가 진순이를 바라보았다.

"개새끼가 풀 뜯어 먹으면 비 오는디 너는 어째 계속 주고 지랄이여. 할 일 읎으믄 들어가서 밥이나 혀! 하여튼 서방이나 새끼나 오째 그리 도움을 안 주나 물러. 아, 그렇잖아도 눈머리(두통) 해서 아파 죽겄구먼 저녁까지 난리니."

한두 번 들어 본 것도 아니고 들락날락 푸짐하게 오르락내리락하는 엄니의 욕은 욕이 아니다. 읽는 그대들이여, 울 엄니 욕은 사랑인 것을 잊지 말지어다. 하여 감칠맛이 이런 거구나 하고 손이 쉴 새도 없이 절인 배추 통으로 들락거렸다. 눈치 볼 나이도 지났고, 맞장구를 쳐 대면 쳐 댔지 절대 내 본연의 임무는 끝까지 마치는 법이라, 엄니의 거침없는 욕 장단에 추임새만 넣을 뿐이었다.

엄니 속을 긁어 대는 사람은 나 하나로 끝났으면 좋았을 것을, 내 피가 누구 피인가? 울 아부지 피다. 내 피보다 진한 아부지는 나보다 더하면 더했지 빼는 것이 드문 분이었다. 장난 좋아하지, 사람 좋아하지, 없는 정까지 퍼다가 남 주는 거 좋아하지, 개 좋아하지, 참견 좋아하지, 잔소리마저 대박이라는 거. (잔소리는 돌아가시던 해에 무척 더했다. 아마 당신 가고 나면 방황할 우리 가족을 위해 미리미리 챙기라 하는 당부였을 것이다.)

아부지는 새벽 댓바람에 바닷물 길러 와 커다란 함지박에 쏟아붓고는 두 팔 걷어붙이며 배추 머리를 치기 시작했다. 거기까지는 아주 괜찮았다.

"해가 중천이다 못해 저물어 가는디 아직도 자빠져 있는 놈들이 있으니."

창밖에서 카랑카랑한 목소리가 들려왔다. 본래 이 집안이 목소리 하나는 화통을 삶아 먹어 볼 것 없이 터지는 청을 가졌다. 부엌에서 들어 보니 이게 무슨 말씀인가. 이제 날 밝아 해 뜨려는데 금방 들통 날 거짓말을 저렇게 과감하게 던지시다니. 새끼들이야 다들 제 몫이 있어 늦게까지 밤을 주물렀다. 그 속도 모르고 달달 볶는 것이다.

찬물에 풀리지 않은 손을 비비며 다시 옷을 주섬주섬 챙겨 입고 마당에 나갔다. 난장도 그런 난장이 없었다. 배추 머리는 진순이 년께서 자시고 계시고, 배추는 여기저기 날아다니며, 울 엄니와 아부지는 싸늘했다. 달리 말하면 사마귀 두 마리가 앞다리를 치켜들고 있는 형상이라고나 할까. 당랑권의 서늘한 바람이 내 온몸을 감쌌다.

아무 말 없이 아침상을 준비하고 고무장갑을 들고 밖에 나갔다. 진순이는 성주산 꼭대기를 바라보며 낑낑대고 있었다. 하필 잡은 날이 올해 들어 가장 추운 날이었다. 이를 바꿀 수도 없고 그저 얼른 끝나기만을 바라는 마음뿐이었다.

한나절 지나 거의 끝나 갈 무렵 눈이 날렸다. 첫눈이었다. 소 눈알보다는 작은 눈이 풀풀 날리자 엄니의 눈머리는 시작되었다.

"어제부터 지끈지끈거리더만. 들어가서 게보린 좀 가져와! 물도! 또 하나만 가져오지 말고."

나라는 사람은 한 가지에 집중하면 다른 것들은 잊어버리는 요상한 매력이 있다. 이렇게 쓰니 진짜 매력인 줄 알고 스스로 착각한다. 해서 게보린 하나만 생각하면 물은 잊어버리고, 물을 생각하면 게보린을 잊어버린다는 것. 하지만 이번에 쿵짝을 잘못 맞추면 당랑권 칼부림은 내게 올 것이다. 이번만큼은 있는 비위, 없는 비위까지 맞춰야 하는 중요한 상황이다.

"저년은 꼭 사람이 있을 때 가랑이 벌리고 똥을 싸고 지랄이여.

똥도 굵네, 드런 년."

"왜 똥 싸는 개한테 난리여. 아, 사람 있을 때 싸야 쳐 줄 거 아녀!"

"시방 왜 그려? 내가 당신한테 했어? 개년한테 했구만."

"가만히 있는 진순이한테 하니께 하는 소리여."

"암말 말고 언능 마무리나 하쇼."

"내가 안 할까 봐 그려? 어디 나 읎으면 이 집안 돌아가는 거 봤어?"

"이 냥반이 뭘 잘못 드셨나. 왜 승질을 부리고 그려? 하기 싫으면 들어가면 될 거 아녀?"

"내가 온제 하기 싫다고 혔어, 잉? 내가 말을 안 해서 그렇지."

"할 말 있으면 어디 좌악 펼쳐 봐? 뭐여? 뭐가 그리 할 말이 많어? 나만큼 많어? 이 집에 시집와서 고생한 거 쭉 대 볼까?"

"꼭 그짝으로 빠지지? 나라고 장가들고 편혔는 줄 알어? 암만, 내 속이 바닷물보다 짤 겨."

"아! 속을 빼 줘 봐! 얼마나 짠지 먹어 볼 텐께."

약 들고 물 떠 오다가 드디어 터졌구나 했다. 한번 시작된 싸움은 한동안 계속 쭉 이어졌다. 그리고는 엄니는 등을 돌린 뒤 아무 말 없이 진순이를 노려봤다.

"날을 잡아도 잘 잡았구먼! 눈이 펑펑 쏟아지니 손가락이 곱아서 좋아 죽겠구먼! 안 그려? 너는 왜 그러고 목석맹키로 서 있냐? 니 엄니한테 줄 거 있으믄 언능 주고, 비니루나 잡어. 그거 하나 눈치껏 못허니께 시집도 여즉 못 가는 겨. 니가 그 나이 처묵도록 뭘 혔냐, 잉? 눈치가 준치니 잡아먹히기 딱 쉽지. 똑바로 잡어! 정신 팔지 말고. 그라구 너는 놀믄서 집 안 꼴이 저게 뭐냐, 잉? 청소도 안 하고, 화장실 청소는 원제 한 겨? 드러워 죽겄어. 똥 누다가도 똥이 다시 들어가. 여자 둘 있으믄 무신 소용이여. 당체 써먹을 구석이 있어야지. 너도 일찌감치 정신 챙기고 시집이나 가. 그노무 글인가 똥인가 쓴다고 속 썩이지 말고. 저 새끼들은 언제까지 처자빠져 자는 겨? 머스마 새끼들이라고 손 거드는 놈이 없으니."

눈 받아먹던 주둥이가 댓 발 나와 얼굴은 붉으락푸르락한데, 돌아앉아 있던 엄니가 한 손에 배추 이파리를 들더니만 갑자기 획 아부지 등짝으로 정확하게 던지는 것이 아닌가. 아따, 이 숨 막히는 순간을 글로 쓰자니 오줌이 마려워 견딜 수가 없다.

갑자기 싸늘한 눈발이 뒤돌아선 아부지의 등허리에서 날린다. 엄니는 아무 일도 없었다는 듯이 다시 배추 찌끄러기를 모아 쓰레기 봉투에 넣었다. 두 고수가 날리는 소리 없는 장풍의 힘은 옆에 서 있는 나에게까지 와 닿았다.

"아이고, 잘못 날아가 부렀네. 미안혀. 맴 풀어!"

등짝에 붙은 이파리를 떼어 내고 아무 말 없이 현관문을 열고 들어가신 아부지 뒤에 대고 엄니는 주먹 쑥떡을 날렸다.

"내가 저 잔소리 땜시롱 못 살어. 내가 오죽하면 던졌을 겨."

앉은뱅이 의자에 앉아 배추를 절이던 여자가 이파리를 집어 던졌
다 남자 잔소리에 너덜너덜해진 이파리가 등에 붙었다 빨랫줄에 걸
린 구멍 난 런닝구를 향해 조준한다는 것이 떡하니 붙어 버린 것 배
추꼬랑이로 한참 땅만 바라보는 남자 아슬아슬 눈발이 내려앉았다 그
동안 날 빤하더니 김장 담그는 건 어찌 알았는지 사뿐거리며 내리는
눈 여자 얼굴에 미소가 살포시 남자 등에 꽂힌다 소금물 먹은 이파리
붙은 채 벌벌 떨고, 어찌해야 하나 말없이 일어나 방에 들어간 남자
저 잔소리에 뭘 해 먹을 수가 있어야지 참견할 게 없어 개 똥 싸는 거
까지 하니 차라리 나 혼자 하는 게 낫지 내가 런닝구에 던진 줄 알지?
저 입에 던진 거야 피식거리며 배추 위로 첫눈 날린다

- 졸시 〈첫눈〉 전문

엄니는 어디로 사라졌을까?

"어이, 샥시! 시방 뭘 그리 찍어쌌는댜?"

"할매가 겁나게 이뻐서 사진 한 장 박았는디요."

"뭣이 이뻐? 시방 늙은이 놀리는 겨?"

"아뇨. 두 손 꽉 쥐고 계신 모습이 꼭 사과 같아서리 한 방 박았는디요."

좌판에 펼쳐 놓은 과일 할매에게 한마디 던지자 옆에서 시래기 팔던 할매가 빵 터졌다. 주위에 있던 약초 할매도, 호떡 할매도, 정월 보름나물 팔던 할매도, 커피 팔던 아줌마도 빵, 빵 터졌다.

시장 바닥에서는 펄펄 뛰는 냄새가 난다. 어디에서도 찾아볼 수 없는 것들이 곱은 손을 녹이는 장작불로 피어오른다. 늘 카메라를 가지고 다니며 주름살 사이사이 물들어 온몸으로 삶을 파는 할매와 할배를 찍었다. 연출된 사진이 아니라 콧물 질질 흐르는 얼굴로 나물을 파는 모습을, 보자기 둘러싸고 찬바람을 코끝으로 맞는 모습을, 콧물을 소매 끝으로 닦는 모습을, 장작불에 손을 녹이는 모습을 마른 시래기처럼 바스락거리며 찍었다.

"아이고, 과일 할매 좋것구만. 못난 얼굴이 이쁘게 나왔다니께 올매나 좋겄어."

"오디에 나오는 겨? 과일 할매 얼굴이 어지간히 이뻐야 말이지."

"허긴 한때 마을에서 이쁘다고 난리 났었다는디? 오째 과일 할매는 말이 읎댜. 헐 말이 많을 텐디."

"눈이 처졌는디 웃는 모습이 얼매나 이쁘겄어."

자칫 머뭇거리다가는 과일 할매한테 한 소리 들을 것 같아 서둘러 자리를 떴다. 그때까지만 해도 엄니가 뒤에 따라오는 줄 알았는데, 한참을 찾아 두리번거려도 보이지 않았다. 싸전을 한참 돌아다니다가 호떡집을 경계로 골목 끝에 서 있는 엄니와 눈이 딱 마주쳤다. 글쎄, 우리 엄니가 내 눈길을 피하는 것이 아닌가? 왜? 어째서 내 눈을 피하는가? 후다닥 달려가 엄니 옆에 섰다.

"엄마! 왜 그래?"

"쿵."

"뭐여? 왜 눈을 피하냐고?"

"내가 아주 넘우끄러워 죽겄어."

"뭐가? 왜? 뭐 땜시?"

"시끄러! 니년 때문에 내가 아주 창피해 죽겄어. 에휴, 오째 저런 년을 낳아서 멱국을 먹었나 모르겄당께."

"내가 오쨌다고 그래쌌나 모르겄네."

"거그가 오디라고 할매들헌티 그 지랄로 대꾸를 혀? 그 할매가 올매나 사나운디 그리 호랭이 코털을 지닌 주둥이맹키로 건드리고 지랄여, 지랄이."

"하나도 안 사납던데 뭘 그래."

"하루에도 열두 번은 먹잽이하는 할매여. 니년도 시장 한복판에 뒹굴고 싶어서 지랄한 겨? 내가 아주 창피혀서 도망갔어. 그러니께 오디 가서 내가 니 엄니라고 허지 말어!"

이 말만 남긴 채 사라진 엄니는 온종일 보이지 않다가 그날 저녁 때가 되어서야 돌아왔다.

고드름으로
반짝이던 날

"앗, 차가워! 이게 뭐야!"
"뭐긴 뭐여. 니들 잠 깨는 꼬챙이다!"

잠이 많은 동생과 나는 아침마다 늦게 일어났다. 엄니가 밖에서 불러도 이불 속에서 뭉그적거리며 엉덩이만 긁어 댔다. 그러다가 아부지의 거친 손에 들린 고드름이 부지불식간에 등에 닿는 순간 벌떡 일어나 온몸을 흔들었다. 그 모습을 보고 아부지는 껄껄껄 웃기만 하셨다. 내게도 고드름처럼 반짝이던 날이 있었다. 내 나이

열세 살이었다.

처마 끝에 매달린 고드름 중에서도 가장 길고 큰 고드름을 뚝 따서 이불이 젖건 말건 새끼들 등에 넣고는 아무렇지 않게 안방으로 건너가셨던 아부지. 무슨 벼락을 맞은 것처럼 벌떡 일어나 내복 속 고드름을 빼서 방 밖으로 던져 버린 동생과 나. 우리는 다시 이불 속에서 발발 떨다가 아부지 발기척 소리가 들리면 후다닥 요강 단지를 들고 밖으로 달려 나갔다. 온 세상이 하얗게 변해 버려서 길도 찾을 수 없는 마당에 발바닥 도장을 찍었다.

세 들어 살던 우리 집은 대문이 없었다. 방문을 열면 바로 논이 펼쳐졌다. 하얗게 눈이 내리는 날이면 방문을 열고 소 눈알 같은 눈이 내리는 풍경을 바라보다가 엄니의 목소리가 들리면 서둘러 문을 닫았다. 벽에 그어진 연탄 나이테가 줄줄이 보일 때마다 엄니의 한숨 소리가 아주 크게 들렸다. 그러거나 말거나 우리는 뜨뜻한 방구들 붙잡고 이불 속에서 온종일 뒹굴었다.

가지마다 눈이 하얗게 쌓인 감나무처럼 논바닥 한가운데 서서 벌벌 떨기도 했고, 볏단을 쌓아 놓은 곳에 들어가 온종일 자기도 했다. 연탄을 때는 집보다 볏단 속이 훨씬 따뜻했다. 가끔은 집에서 쫓겨난 동네 개새끼와 동침을 하기도 했다. 개새끼의 코 고는 소리를 들으며 옷깃을 여미기도 했다.

누가
불 냈어?

입춘 지나 봄 길목에 들어서자 먼저 보름달이 환하게 달려들었다. 오곡밥도 먹고 지난해 갈무리한 마른 나물도 먹고, 부럼도 깨고, 더위도 팔았다. 거기까지는 으레 집에서 하는 행사였다.

그날 밤도 조용히 넘어가는 듯했다. 정월 대보름 행사가 있다는 말에 어린 동생들은 평섭 동네로 놀러 갔다. 뒤늦게 나도 주섬주섬 옷을 입고 평섭 동네로 향했다. 한참을 길 더듬으며 가는데 줄지어 세워 놓은 볏단을 뛰어넘는 검은 그림자가 보였다. 달빛을 발로 차며 앞으로 고꾸라질 듯이 달리는 모습을 자세히 보니 동생들이었다.

"왜 그래? 뭔 일 있어?"

"누나, 달려!"

아따, 꽁지 빠지게 달리기는 처음이었다. 학교 운동회에서 꼴찌를 맡아 놓고 하던 내가 영문도 모른 채 무작정 집까지 달렸다. 동생들한테 지지 않고 달리기는 처음이었다. 한동안 숨이 막혀서 아무 말도 못 하고 씩씩거리기만 했다.

"아무도 쫓아오는 사람 없었지?"

"너희 일 쳤어? 뭐여? 죽는 줄 알았네."

"누난 몰라도 돼!"

"엄마한테 이른다. 빨리 말해!"

한참을 막내와 실랑이하던 큰동생이 앞니 빠진 웃음을 보였다. 그리고는 아무렇지 않게 막대와 손바닥을 마주쳤다.

"윗동네 애들하고 깡통 돌리다가 싸움 났어."

"그래서?"

"지네 동네라고 가라고 욕하잖어. 그래서 깡통 돌리다가 냅다 볏단에 집어 던졌어."

"누가? 니가?"

"아녀. 창남이가. 볏단에 불이 옮겨 붙어서 우리는 도망쳤어. 창남이 자식, 지금 숨었을 겨."

"니들은 안 그랬지?"

"안 그랬어. 근데 진짜 활활 잘 타드라."

속으로 다행이라고 생각하면서도 내일 아침에 일어날 일이 눈에 그려졌다. 머스마라 겁도 없고 무식하게 힘만 세서 어리다고 어린것이 아니다. 툭하면 건드리는데 한 대 맞으면 아파서 눈물이 날 정도다. 어찌나 어린것들이 힘만 센지, 지 누나를 여자가 아닌 남자로 착각하는 것은 아닐까 하는 생각도 들었다.

"이노무 시끼들은 하라는 공부는 안 하고 나가서 뭔 일을 친 겨?"

방문을 타고 오는 엄니 목소리에 깜짝 놀라 일어나다가 요강을 발로 찼다. 노란 오줌이 이불을 적셨다. 오줌보다 동생들을 깨우는 게 일이었다. 이리 굴리고 저리 굴려도 꿈쩍 안 하던 놈들이 엄니의 거친 발소리는 용케 알아들었다. 갑자기 이불을 박차고 일어나 무릎을 딱 꿇고 앉아 방문을 연 엄니의 얼굴을 바라봤다. 아무 말도 안 하고 애들 얼굴을 바라보던 엄니가 입술을 깨물었다.

"이놈들이 하라는 공부는 안 하고 어젯밤에 뭔 일을 친 겨, 잉? 해장부터 평섭 할매들이 난리를 치는디, 뭐여?"

"……."

"이건 뭐여. 오줌이 왜 이렇게 흥건한 겨. 안 닦아?"

엄니의 목소리에 걸레로 오줌을 닦으며 동생들 얼굴을 바라봤다. 잠이 덜 깬 얼굴에 콧물 자국이 허옇게 나 있었다.

"누가 불 놨어? 너여?"
"아녀."
"그럼 누구여? 누군디 해장부터 평섭이 난리가 난 겨."
"창남이가 그랬어. 자꾸 우리 동네 애들한테 욕하니께 승질난다고 깡통을 볏단에 던졌어."

큰동생 이야기를 들은 엄니가 가만히 생각하다가 이불을 젖히며 방문을 열었다. 나지막이 엄니의 목소리가 들렸다.

"잘혔어."

회초리 들고 혼낼 줄 알았던 우리는 엄니의 행동에 어리둥절했다. 볏단에 불을 놔서 잘했다는 말인지, 아니면 당신 새끼들이 불을 안 놔서 잘했다는 말인지 알 수 없어 서로 얼굴만 바라봤다.
입춘 지나고 우수를 목전에 둔 우리의 겨울은 논바닥 삽질에 꼬리 잘린 미꾸라지처럼 꿈틀거렸다. 그래도 봄은 온다고 모가지 빼고 온몸으로 흔드는 냉이꽃이 피었고, 꽃다지가 노랗게 번져 갔으며, 춤을 추어도 시원찮을 판에 돌담 구석에서 다소곳이 광대나물이 피었다. 하늘에서 반짝거려야 할 애기별꽃이 지상에 내려와 작게, 아주 작게 흔들거렸다. 언제 터질지 몰라 시큰둥했던 매화가 펑펑 터지니, 덩달아 벌이 붕붕 날아와 진순이 코를 간질거렸다.

앞니 빠진 큰동생의 바람 휑한 웃음처럼 겨울은 그렇게 가고 있었다. 활활 타오르던 볏단의 불길처럼 봄도 어느 순간 꽃 분내 흘리며 다가와 종달새 주둥이처럼 쫑알거렸다.

니쁜 년과
착한 년 사이

 울 엄니는 진통제를 달고 산다. 연탄가스 중독에 가난 중독이 만들어 낸 ㈜통제 시스템이 지금도 가동 중이다. 엄니는 코도 잘 골고, 잘 웃고, 욕도 하고, 목소리도 크다. 사람에 대한 미련도 많고 성질도 급하다. 그러면서 정은 깊어서 한번 빠지면 헤엄쳐 나오기 어렵다.
 엄니는 그런 분이다. 물을 퍼 넣어도 넘치는 일 없이 찰방찰방거린다. 그런 엄니와의 잦은 말다툼은 아부지가 돌아가시고 나서부터였다. 허나 말다툼이 일방적인 내 구시렁으로 끝나 버린다는 것이다.
 아닌 밤중에 홍두깨라고 저녁 잘 드시고 손녀와 놀다가 심장마

비로 아부지가 돌아가시자 엄니는 화장실만 다녔다. 40년 살 부비며 산 남편을 보내는 일이 얼마나 어려운지 온몸으로 보여 줬다. 피똥을 싸며 저승길 가는 남편을 어쩌지 못했다. 불러도 싸늘하게 식어 가는 아부지 발만 붙잡고 울었다. 온전히 아부지의 사랑만 받아 온 엄니에게는 큰 충격이었다.

혼자 살던 아파트를 정리하고 엄니 곁으로 왔다. 내 자신도 살아 보자고, 이 좀 악 물어 보자고 엄니 집으로 들어온 이후 잦은 말다툼에 웃음도 나고 눈물도 났다. 어디 나쁜 년 소리 들은 게 한두 번인가. 이젠 친근감까지 드는 욕을 들으며 모녀의 주름살이 같이 늘어 가고 있다.

대학을 졸업하면 무엇이든 큰 자리를 갖게 될 거라고 믿었던 부모님의 기대를 깡그리 저버렸다. 1톤 트럭에 책을 바리바리 싸 들고 집으로 들어왔을 때 엄니나 나나 그저 먼 산만 바라봤다.

그 뒤로 순례에서 만난 스님을 쫓아 절에 들어갔다. 무엇을 얻고자 들어간 것도, 무엇을 버리고자 들어간 것도 아니었다. 글을 써 보고자 들어간 순간부터 일을 했다. 절 일이 해도해도 끝이 없기에 말도 못 하고 애걸복걸 개와 긴 시간을 보냈다. 그때 나이 서른셋이었다.

천성이 그런지 어느 한곳에 안착하면 나올 줄을 모른다. 무슨 일이 있든 없든 그곳에 콕 박혀 있는다. 그렇게 절에서 4년을 보냈다. 그 사이 엄니는 머리는 깎지 말라고, 언제까지 거기 있을 거냐며 내리 피는 백일홍처럼 내 앞에서 한들거렸다.

누군들 무르팍 깨지며 곡소리 푸르게 울어 보지 않은 사람이 있을까. 산벚꽃 흐드러지게 핀 고갯길에서 목 놓아 울었다. 엄니가 보고 싶다고, 그립다고……. 그래도 절에서 나오지 않았던 건 왜였을까.

지금은 아부지 자리에 앉아 엄니와 살 부비며 살고 있다. 딱 나쁜 년과 착한 년 사이를 오가며.

이건
내 상징이여!

한이불 덮고 자는 엄니의 앓는 소리와 코 고는 소리가 뒤섞여 안방에서 흘러 다닌다. 나는 엄니와 단둘이 산다. 아픈 엄니의 발이되어 줄 수는 없지만, 아부지가 돌아가신 뒤로는 늘 함께하고 있다. 처음에는 견딜 수 없는 슬픔으로 시작한 동거였다면 지금은 지글지글한 사랑이라고 해 두자.

내게 아픈 손가락인 엄니. 엄니에게 나도 아픈 손가락이다. 결혼도 안 하고 캥거루 새끼처럼 붙어 앉아 있으니 어찌 아픈 손가락이 아닐까. 아부지 손 붙잡고 결혼식장에 들어갈 줄 알았지, 누가 글 쓴다고 당신 곁을 떠나 세상 속을 방황할 줄 알았겠는가. 한 치 앞도 못 보는 게 사람이라는 사실을 나를 통해 알게 되었다고, 당신 스스로 허벅지를 찍으며 우는 날이었다고, 슬쩍슬쩍 욕과 섞어서 내뱉었다.

시집 안 간 늙은 딸년의 엉덩이를 바라보는 엄니의 가슴 시린 욕을 들을 때마다 즐겁다. 엄니의 성질이 팔딱팔딱 뛴다는 것을 보여주는 욕이다. 이보다 기쁜 일은 없을 것이다. 당신의 거침없는 욕이 사랑이라는 것을 누구보다도 잘 알고 있다. 욕을 듣지 못하는 날은 왠지 똥을 싸고 밑을 닦지 않은 찜찜한 생각마저 든다.

바지에 구멍이 난지도 모르고 주야장천 그 바지만 입고 다녔던 날이 있었다. 내게 책상이 따로 있지는 않아서 거실 바닥에 밥상을 놓고 앉아 노트북을 두드리는 일이 일상이었다. 그러다 보니 바지 엉덩이 부분이 해어졌던 것이다. 그것도 모르고 해어진 바지를 입고 온 동네 가게며 이웃집이며 다녔고, 밭에 나가 밭일까지 했다. 나를 모르는 분들이 봤다면 분명 미친년 사촌쯤으로 생각했을 것이다.

마감 코앞에 두고 글이 써지지 않아 음악 틀어 놓고 춤을 췄다. 정말 리얼하게 엉덩이를 흔들어 댔는데, 그 모습을 엄니가 유심히 바라보는 것이었다. 머리에 꽃만 꽂지 않았을 뿐 그에 버금가게 지랄하는 꼴을 본 엄니가 가만히 계셨겠는가. 한 치의 흐트러짐도 없이 꼿꼿한 자세로 던진 말씀이 가슴속으로 쑥 들어왔다.

"독한 년, 바지에 빵꾸가 날 때까지 입고 지랄이여! 돈이 읎냐, 거시기가 없냐!"

아무것도 모르고 춤추다가 엄니의 한마디에 아는 척으로 대면했다.

"이건 내 상징이여!"
"지랄헌다. 상징은 무신. 얼어 죽을 상징이랄 게 없어서 빵꾸 난 바지가 상징이냐?"

헉, 바지에 구멍이? 슬쩍 엉덩이에 손을 대자 구멍이 손바닥만 하게 나 있지 않은가. 그것도 실 한 올 한 올이 거짓말처럼 잡혔다.

"하도 열심히 노트북을 두드려서 그렇지. 다 엉덩이 싸움이여. 글 쓰는 게 장난이간?"
"너처럼 컴퓨터 하다가는 이 세상에 바지 빵꾸 안 난 사람들 없겄다. 그 바지 또 입기만 해 봐. 아주 그냥 찢어 버릴 테니까."

서로 팽팽한 신경전에 바들바들 떨고 있는 것은 선풍기뿐이었다.

"버리지 마. 나하고 맞는 옷이 어디 흔한 줄 알아?"
"너한테 맞는 옷이 어디 있겠냐? 다 도망가지."
"뭐여. 나하고 한바탕하고 싶어서 그려?"

"아이구야! 겁나서 어디 하겠냐? 독한 년한테는 약도 읎다는데."

"나 독하지 않거든."

"독한지 안 한지, 그럼 결혼해 봐!"

"……."

겨우살이

옛날 겨우살이는 가마니에 쌀이 가득하고, 김장 담가 장독마다 채우고, 뒤켠에 장작을 처마 끝까지 쌓아 두면 끝이었다. 지금이야 훨씬 간편해졌고, 여차하면 슈퍼마켓이나 시장에 가서 사 오면 그만이다. 언제 어디서든 손만 벌리면 원하는 물건들이 다 있는 세상이다. 이처럼 좋은 세상에 사는데 왜 딱히 와 닿지 않는지, 사람 속은 알다가도 모를 일이다.

제철 음식이 최고라 해도 요즘이 그런 시절인가? '금 나와라, 뚝딱!', '은 나와라, 뚝딱!' 하면 나오듯이 한겨울에 수박과 포도, 토마

토까지 쭉 늘어서 있다. 문화적으로 혜택을 있는 대로 받고 살고는 있지만, 어디 그 잘난 돈의 상판대기는 그리도 멀리 있는지. 돈이 조금 모일 때마다 곡식을 집 안으로 모시는 일이 울 엄니에게는 큰 낙이다. 광도 다락도 없는 우리 집 베란다에 뭐가 그리 많은지. 울 엄니도 주산면 촌사람이라 그 습을 버리지 못하고 이것저것 챙겨 놓는다.

단물 질질 흐르는 호박고구마가 겨울에는 제맛이라며 일찌감치 싸 놓은 한 포대의 고구마, 사돈 어르신이 이고 지고 가져온 하지 감자, 늙은 딸년 손발 차다고 겨우내 해 먹일 늙은 호박 세 개에 설탕값 오를 전망이라는 당신 나름대로 계산 아래 사 놓은 설탕 한 포대, 양근(태양초)으로 모신 김장 고추 한 가마니, 청라 집 배시 감나무에 올라 모가지 털며 딴 감 두 접, 추석에 들어와 여러 달째 개봉도 안 하고 제자리만 차지하고 있는 김 상자, 꿀벌이 수개월 물어 나른 꿀 한 단지, 삿갓밭에서 뽑아 와 짠무로 항아리에 들어앉을 날만 기다리는 무가 그득하다.

거기까지라면 웃고 넘어갈 일. 바람을 맞아야 제맛이 든다는 시락지(시래기)가 당산나무 색동끈마냥 베란다에 매달려 있고, 없는 선반 만들어 쌓아 올린 휴지는 탑이요, 달걀값이 오른다고 식당 하는 친구네와 접선해서 싼값에 당신 나이만큼 보관 중인 알이 삐약삐약 주둥이 털며 날아오를 날을 기다리고 있다.

아따, 써 놓고 나니 한 평 남짓한 공간에 오지게도 들어 있다. 창문 너머 오서산이 방 안을 들여다보다가 지 발에 지가 걸려 넘어져 제자리로 돌아가지도 못하고 서성거릴 만큼 쌓아 놓은 것들 때문에 이리 치울 수도, 저리 치울 수도 없이 그저 바라보고만 있다. 겨우살이를 요로코롬 해 놓고 뒷짐 쥔 채 흐뭇하게 바라보는 엄니의 뒷모습을 바라보면 성질이 나다가도 웃음이 나온다.

"엄마! 이제 고만 좀 갖다 놔! 이러다가 아파트 무너지겠어."

"시끄러! 다 먹고 살자고 하는 짓이여. 밥 잘 처묵고 왜 지랄이여."

"고추는 언제 빻을 거야? 저리 오래 두면 벌레 생겨."

"내가 알아서 할 테니께 걱정 하덜덜 말어."

"그럼 호박은? 자꾸 옮기면 엉덩이 썩는단 말여."

"저노무 주둥이를 꼬매 버려야 하는디."

"감 좀 빨리 우리지? 항아리 맨 밑에 있는 것은 물 생겼단 말여!"

"먹을 게 쎄터졌는디 뭘 또 혀? 물이 생기든 말든 니가 무신 상관이여?"

"고구마는 조금만 사지 한 포대를 사 오냐고. 누가 다 먹는다고."

"큰 쥐 읎으니께 곰쥐가 지랄이구만."

"뭐? 아빠 읎으니께 내가 그런다고 시방 그러는 겨?"

"알믄서 뭘 물어, 입 아프게."

"감자 싹 나는데 어쩔 겨?"

"싹 나믄 땅에 심으믄 되지 뭐가 그리 문제여? 너 시방 자꾸 내 속을 긁는디, 심심허니께 나하고 한바탕해 볼라고 하는 겨?"

"자꾸 늘어만 놓으니께 그러는 거지."

"시끄런 소리 하덜덜 말고, 가서 니가 좋아하는 만화나 봐. 아주 주둥이에 모터가 달렸어. 따다다다다 쏘기는 드럽게 쏴 대고 지랄이여, 똥 쌀 년이."

보리 빤스,
쌀 빤스

　아부지는 장날만 되면 자전거를 타고 싸전으로 나가셨다. 무엇을 사는 것도 아니고 그저 사람들의 모습에서 사는 맛을 느끼고 싶었던 것이다. 나도 아부지 못지않게 매번 삼일장, 팔일장을 챙겨 찾아다닌다. 딱히 무엇을 정해 놓고 사는 것이 아니라 요즘 말로 눈쇼핑이다. 이놈 저놈, 이 구경 저 구경, 이것저것 만져 보고, 물어보고, 더듬어 보고, 남정네 고쟁이만 안 들여다봤지, 들여다볼 것 다 들여다보고 다닌다.

　길가에 자리 잡고 아줌마건 아저씨건 일단 발목부터 잡아 놓고 사람 마음을 흔들어 대는 빤스 아저씨를 볼 때마다 웃음이 절로 나왔다. 뒤집어 보면 보리 빤스요, 바로 보면 쌀 빤스라는 거. 장터에서나 통하는 말로 보리 빤스는 여자 빤스요, 쌀 빤스는 남자 빤스다. 빤스 아저씨는 꼬부라진 허리로 지팡이 짚어 가며 가는 할매들 붙잡아 놓고 보리 빤스와 쌀 빤스의 내력을 쫙 읊었다.

"날이면 날마다 오는 빤스가 아니여. 태초에 조물주가 음양의 조화를 이루어라 하여 남자와 여자를 만들었는디, 사람헌테만 적용되는 것이 아니여. 곡식에도 음양의 조화가 있는디, 그것이 보리와 쌀이여. 보리만 먹으면 썩은 내가 진동하는 방구만 시큼털털 나오고, 허연 쌀만 먹으면 얼마 못 가서 매가리가 읎어져. 혀서 보리와 쌀이 잘 섞여야 허는디, 빤스계에도 음양의 조화가 있는 겨. 보리 빤스에 쌀 빤스가 들어가믄 쫙 조여 주는 게 여간해서는 잘 빠지지도 않어. 아따, 좋아 부러서 빼고 싶지도 않어. 오째 할매도 함 입어 보지? 오찌 알어. 할배 쌀이 온종일 붙어 있을지."
"니미, 애초에 골로 간 인간 붙잡아다가 몬 짓을 하라구?"
"오매, 여적껏 그것도 몰랐구만. 이 빤스가 저승 간 할배도 오게 하는 쌀 빤스여."
"씨부랄, 쎄 빠지게 일만 시킨 인간 불러다가 모할라구? 빤스만 입히면 대신 느릅나무 껍대 팔아 줄 겨, 시방? 워쩔 겨? 그리구 쌀 맹키로 작아서 그건 오다가 쏠 겨? 밥해 묵을라고?"

할매 말 한마디에 좌중은 웃음바다가 되었다. 빤스 아저씨는 아무 말도 못 하고 꿔다 놓은 보릿자루처럼 멀뚱거리며 서 있었다. 그 모습이 영 거시기했는지 할매가 호랑에서 꼬깃꼬깃 접힌 만 원짜리 한 장 꺼내 빤스 아저씨한테 주었다.

"여봐! 거, 쌀 빤스 큰 걸로 줘 봐! 영감탱이 무덤에다 넣어 주게."

할매방구,
똥방구

1. 미안혀서 워쩐댜

매섭게 창문을 때리던 눈보라가 점점이 사라진 아침. 그렇지, 몇
년 사이로 삼한사온이 먼 이야기처럼 갈 길을 잃어버리고 시도 때
도 없이 이랬다가 저랬다가 한다. 오랜만에 푸근한 날에 들어선 장
구경을 엄니와 함께 나갔다.

바닷바람 매섭게 몰아치는 가운데 곱은 손 비비며 잡았을 대수
리(골뱅이류)와 눈머럭대(고둥류)가 한 바구니 가득했다. 한 봉다리 사다

가 장아찌 담가 먹고 싶어도 한창 비쌀 때라 엄두가 안 난다. 봄 냄새 향긋해야 올라오는 곰피가 물미역과 쌍벽을 이루니, 이놈 저놈 해도 입안에서 오돌도돌 씹히는 놈이 최고라 곰피를 한 다발 샀다.

국수 한 그릇 생각나 엄니의 짐을 양손 다발로 쥐고 시장 국숫집으로 향했다. 한참을 어떤 꼬부랑 할매와 간격을 두고 뒤따라 걷는데, 갑자기 할매가 방구를 뿡 뀌었다. 아따, 소리도 소리지만 냄새가 며칠 묵은 냄새다. 흐미, 어릴 적 할머니 집 뒷간에 소복소복 쌓이던 똥 구린내를 연상시키는 것이다. 다른 때는 움직임이 둔한 엄니가 이럴 때는 어찌나 빠른지 벌써 저 앞으로 달리듯이 가고 계신다. 뒤에서 이러지도 못하고 저러지도 못하고 서 있는데, 앞서 걷던 할매가 뒤돌아 나를 보며 하시는 말씀.

"아이고, 미안혀서 워쩐다. 흐흐, 정통으로 먹어 분졌구만."

웃을 수도 없고 찡그릴 수도 없었다. 할매 덕분에 잔치국수보다 배부른 방구를 먹었다.

2. 보령시장 국수계의 평화

엄니 모시고 시장 국숫집을 찾아들어 갔다. 이 국숫집으로 말할 것 같으면, 울 아부지 살아생전 장만 서면 동네 아저씨를 다 데리

고 와 크게 한턱 쏘는 곳으로 멸치와 다시마, 조선간장으로만 맛을
내는 곳이다. 식탁 위에 열무김치와 함께 깨소금 싹싹 뿌려서 대파
를 쫑쫑 썬 것을 올린다. 국수 대접 받자마자 국물부터 후루룩, 국
숫발이 볼따구니에 붙는지, 국물이 앞사람에게 튀는지 모를 정도다.

   아부지 동무들은 시내에서 가장 값이 싸고 맛있는 집이 어디에
있는지 잘 찾아다녔다. 오천 어느 구석진 곳에 따개비처럼 작은 횟
집이 붙어 있는데 강개미(가오리) 회가 싸고 맛있으며 욕은 덤으로
주는 곳이라는 둥, 해변 도로로 가다 보면 포장마차 횟집이 있는데
그 주인장이 갈매기호 선장이라 그날 잡아 온 놈 모가지를 딱 쳐서
고추장에 무쳐 먹으면 흐물흐물 대천 앞바다가 옷 벗고 달려든다는
둥, 주교 산머리에 가면 오리를 그냥 홀딱 벗기고 대머리 양파도 한
겹씩 벗겨 고쟁이 속까지 다 보여 주는 주물럭집이 싸고 맛있다는
둥, 씨부랄 씨부랄 해도 소불알만큼 맛있는 게 없다고 우랑탕 먹으
러 산중으로 들어갔다 오면 8월 삼복더위에도 기운이 난다는 둥,
둥둥둥 떠다니는 이야기가 맛있게 버무려져서 나에게 오곤 했다.

   그중에서도 시장 국숫집은 멸치 국물이 허벌나게 끝내 줘서 입
맛이 최고급인 안학수 시인도 다른 국숫집보다 싸고 맛있다며 크
게 한입으로 쭉, 냉큼 국물을 들이켰다. 해서 입증된 국수 국물이
싼값으로 시장 바닥을 지키고 있는 한 지구의 평화는 지켜질 것이
다. 보령시장 국수계의 평화도 지켜져 예산 국수 공장 면발이 가볍
게 보령 쪽으로 날릴 것이다.

나이는
똥구멍으로 드셨나?

　스팸인지, 스펨인지 먹지도 못하는 것이, 석쇠에 구워지지도 않는 것이, 여기저기 마구마구 쏟아져 들어오는데, 막아도 숨겨 둔 틈은 어찌나 잘 알고 파고드는지, 뛰는 놈 위에 나는 놈이 있다고, 어설프게 보지 말라는 권법을 쏘아 댄다. 한밤중 '자기야, 나하고 놀아 줘, 응?'이라고 영감 휴대 전화기로 온 문자에 '오떤 년하고 붙어먹었느냐고!' 대거리했다가 몇 날 며칠 주둥이에 꿀 발라 놓은 사람마냥 말도 안 했다고, '씨부랄, 이노무 햄을 어찌 작살내느냐'며 푸념 아닌 푸념을 경로당에서 노닥거리는 할매들 방 안에 던져 놓은 동준이 할매.

"아따, 좋겄다. 아즉도 위아래 위아래 혀서."
"아이고, 망측해라. 성님은 위아래가 머여. 들었다 났다, 들었다
났다면 몰라두."
"게갈 안 나는 소리 하덜 말구. 우째, 담갔다가 뺐다가가 맴대로
안 돼서 그랴?"
"아따, 그리 말하믄 쓰간? 아침밥은 지대로 차려 준 겨? 괴기라
두 놔 췄냐구?"

방 안 가득 웃느라 정신이 없는데, 엎질러 놓은 물을 손바닥으로
싹싹 주워 담을 수도 없고 얼굴만 붉으락푸르락하던 동준 할매가
방바닥을 두드리며 마른 입술에 침을 발랐다.

"내 야그를 시방 귓등으로 들으셨나. 왜들 그래 쌌나 모르겄네.
심두 읎는 서방이 무신 서방이여. 나도 성님들하고 같은 과부나 다
름읎어."
"좋으면서 딴소리는 뭐여."
"좋긴 모가 좋아. 그리 좋으면 성님이 함 살아 보든가!"
"실읎는 소리 허구 앉았네. 밤도 모자라 낮에도 물불 안 가리고
들어오던 손을 피하느라 오뉴월에도 솜이불 덮던 사램이여. 근디
내 영감탱이도 모지라 자네 영감까정 안으라고? 밑 빠진 독에 물

부어 봐, 채워지나! 내 밑 빠진 지 오래여."

여기저기서 킥킥 웃느라 정신없고 쭈글쭈글 내려앉은 주름살
위에도 붉게 번지는 노을빛 미소가 여기저기인데, 동준이 할매가
버럭 화를 내더니 그나마 맞지 않던 문짝을 제대로 부서뜨리며 밖
으로 나갔다.

"나이는 똥구멍으로 처드셨나. 햄(스팸) 야그 했는디 오째 방아 찧
는 야그만 해쌌나 모르겠네."

아무것도 모르고 동준이 할아버지 삽 들고 논으로 나가신다.

그게 딸한테
할 소리여?

휴대 전화기 문자로 스팸이 왔다. 차단했는데도 막 쳐들어온다. 문자를 보니 정력제를 사란다. 여성스러움에서 대출로, 대출에서 정력제로 바뀐 것인가. 숱하게 날아오던 대출이 잠시 주춤거리는 틈을 타서 정력제가 불끈거리며 들어왔다.

"참 나, 이제는 정력제를 사라고 문자를 보내네."
"너도 하나 사 봐!"
"내가 왜 필요해?"

"혹시 모르잖어."

"몬 소리여? 혹시 엄마가 필요한 거 아녀?"

"니미, 오디서 쓰잘데기 읎는 소리를 하고 자빠졌냐, 잉? 니 아배라도 있으믄 또 모르겄다."

"왜? 아빠 있음 정력제 사려고?"

"정력제만 사겄냐!"

"으하하하! 그럼 또 뭐 사려고?"

"안 갈켜 준다! 나도 비밀은 있어야 쓸 거 아녀!"

"비밀은 무슨, 암 것도 없으면서."

"너는 모른다. 백날 얘기해 줘 봐야 쇠 귓구녕에 경 읽기여. 혹시 모르지. 결혼하믄 알려 줄지. 그라고 너도 필요할지도 모르니까 하나씩 가지고 다녀 봐."

"정력제는 남자가 먹는 거여."

"아무나 먹으면 워뗘!"

"아, 그만 좀 해! 그게 딸한테 할 소리여?"

"나이는 처드실 대로 드셔 놓고 왜 그러세용. 나보다 더 많이 아시는 양반께서."

업쎄

　우리 가족이 자주 쓰는 말 중에 '업쎄'라는 단어가 있다. 주로 이 업쎄는 놀랍거나 힘들 때 사용한다. 울 엄니의 고릿적 이야기 속에 업쎄라는 인물이 등장한다. 엄니가 들려준 이야기가 진짜인지 거짓인지는 모르겠으나, 분명한 것은 정확한 지명이 나온다는 점이다. 1960년대? 아니, 1970년대? 뭐, 그쯤에 걸친 참으로 거시기한 이야기다.

　충남 보령시 ○○면으로 장항선이 외길로 나 있다. 지금은 익산선으로 바뀌었고, 복선화 작업 시작한 지 오래지만 아직도 작업 중이다. 그 시절에 양곡이 나와 봐야 얼마나 나왔겠는가. 그저 한 푼이라도 얻어걸리기만 기다리다가 처마 밑에서 허기나 달랬다. 그때 짜잔 하고 나타난 분이 업쎄였다.

업쎄 아저씨는 흥부네 가족처럼 아이들이 많았다고 한다. 지지배배 날아와 구렁이한테 다리 한 짝 내준 제비를 고쳐 주고 박씨라도 물어다 오길 내심 기대하며 역전을 돌아다녔다는 울 엄니의 말씀에 쿵짝, 쿵짝, 쿵짜짝, 쿵짝 박자를 맞췄다.

"목구녕이 포도청인 시절이었지, 암만. 풀뿌리도 읎어서 훔쳐 먹었는디. 나야 울 아부지가 괴기 장사라도 허니께 다행이었지만, 고개만 돌리면 지금은 상상헐 수도 읎는 일이 비일비재혔지. 지금 애들은 배부르니께 쌀 읎으믄 라면 먹으면 되지 않냐고 가구짝에도 맞지 않는 소리를 하고 자빠졌는디, 다 겪은 사람만 아는 벱이여. 업쎄는 웅천 역전을 왔다리 갔다리 다니면서 소일거리를 혔지. 입에 풀칠은 해야 허니께 어쩌겄어. 불알은 찼으니까 깐 놈은 애새끼들은 멕여 살려야 할 것 아녀. 근디 이 냥반이 역전 가로등 밑에서, 글씨, 가방 하나를 발견했다니께. 암만, 그 일로 떠들썩했지. 그 가방이 간첩이 놓고 간 거였다니께. 가방 속에 라디오와 권총, 돈이 들어 있었다더구만. 돈 읎는 사람이 가방 안의 돈을 봤으니 눈깔이 뒤집혔지. 돈 보고 눈이 돌아가지 않을 사램이 오디 있어. 자식새끼들 배불리 먹일 생각에 그 돈이 워떤 돈인지 생각할 겨를이 있었어. 그냥 냅다 옆구리에 차고 달린 겨. 정신읎이 달려서 집으로 갔다는

디, 돈만 가져갔으믄 또 괜찮았을지도 물러. 헌디 권총까정 가져간
겨. 소문이라는 것이 지대로 퍼진 적 있간? 덧대고 덧대서 퍼지지.
오째 알았는지 지서서 나오고, 난리도 그런 난리 읎었지, 암만. 막
둥이가 네 살이든가, 다섯 살이든가. 하여튼 배곯다가 갑자기 괴기
들어가서 속이 놀라 뿌렀나. 한 달 만에 저세상 갔다지, 아마. 가방
만 가져갔을 뿐인디 졸지에 간첩으로 몰려서 서울 어딘가로 가서
돌아오지 못했다는 겨. 식솔들은 뿔뿔이 흩어지고, 긍께 시상은 공
이 읎어. 넘의 것에 눈 돌리면 그냥 끝나 부리는 겨. 그러니께 너도
정신 똑바로 챙겨. 넘의 것에는 절대루 눈 돌리지 말고. 공으로 주
는 건 읎으니께 니 손으로 직접 벌어 묵어. 알았지?"

찢어지게 가난한 것도 억울한데, 가방 주워 잘 살아보자 했거늘
업쎼 아저씨 그 길로 소식도 모른단다. 모든 것이 다 가난 탓이라
고, 안쓰러움에 자꾸 불러 주어 넋이라도 달래자는 얼토당토않은
이야기를 펼쳐 놓은 엄니.

"업쎼, 무거워 죽겠네."
"업쎼, 무신 말을 고로코롬 하는 겨?"
"업쎼, 그라믄 안 되지."

사라져 버린 업쎼 아저씨가 그렇게 살아났다.

워뗘?
이쁘지?

　한번 빠지면 헤어 나오기 힘든 것이 있다. 술, 여자, 담배, 운동 등 여러 가지가 있지만, 그중에서도 중독성이 강해 어지간해서는 모른 척해야 하는 것이 있다. 여성이라면 아름다워지려는 욕구로 젊으나 늙으나 하염없이 찾아오는 화장의 기술과 네일의 예술이다. 그리하여 그여 엄니의 손가락에도 당도하셨다.

　협착증 시술을 받고 한 달에 한 번씩 검진받으러 서울에 다니는 엄니. 마침 시간이 된 막내 내외가 모시고 갔다. 병원에서 검진받고 주사 맞고, 서울에서도 마음먹어야 간다는 이태원 거리를 돌다가 줄 서서 기다리다가 먹는다는, 핏물 줄줄 흐르는 스테이크를 한 점 맛나게 드시고 오신 것까지는 좋았다.

그래, 보령 촌사람들이 줄줄이 가로수 길을 걸으며 낭만이라는 도시적인 냄새까지 맡았으니 얼마나 좋았을까. 하필이면 중국에서 바람 타고 건너온 미세 먼지 농도가 가장 높은 날에 말이다.

울 엄니는 류머티즘 관절염으로 손가락이 옆으로 살짝 구부러 졌다. 젊어 고생은 사서도 한다는 말이 말 같지도 않은 말로 들리는 엄니의 철학은 젊었을 때 고생 덜해서 나이 들어 약값 덜 나가게 하자는 것이다. 고생 안 해 본 엄니가 어디에 있고, 아부지가 어디에 있을까. 세상 모든 엄니와 아부지는 고생과 가난을 천직쯤으로 생각하고 있다. 그리하여 울 엄니한테는 굽은 허리와 구부러진 손가락이 남았을 뿐이다.

스트레스를 해소하자고 작은올케가 엄니를 모시고 간 곳은 예술계에서도 정교해서 수전증 있는 사람들은 금한다는 곳인 네일 숍! 예술 중에서도 손 예술은 선이 우아하고 아름답다. 대부분 손으로 예술을 하는 분들은 손 보험까지 들 정도다. 찬란한 손톱의 예술 속으로 빠진 엄니는 두 눈을 감고 온몸으로 느끼고 있었다.

"참, 이제는 별걸 다 하는구만!"
"워뗘? 이쁘지?"
"이쁘네. 근데 삐뚜러진 손가락에다가 페인트칠하면 좀 낫나?"
"달고 다니는 게 나온 주둥이니께 막 나오는구만. 제대로 된 입이여 봐! 니년처럼 나오나.”

“내가 뭐랬다고 그려? 삐뚤어진 손가락 보고 삐뚤어졌다고 하는디.”

“그려, 이년아! 내 손 삐뚤어졌다! 내 손 삐뚤어진다고 니가 보태 준 거 있어? 왜 와서 지랄이여, 지랄이. 콩 바심해서 광에 얹은 지가 온젠디 왜 와서 볶냐고. 내가 콩이여? 왜 볼 때마다 지랄이여, 잉? 드런 년!”

“이뻐서 하는 소리여.”

“큭.”

엄마도 여자라고, 세상에 태어나 처음 받아 본 손톱의 찬란한 빛이 곱다고, 예쁘다고 말하려 했건만 왜, 어찌하여, 단 한 번도 생각하지 아니하고, 내 머리의 동의도 없이, 마구잡이로 삐뚤어진 입에서 나갔을까? 운전하다가 뒤통수 한 대 맞고 나서야 제자리로 돌아온 내 입은 한동안 아무 말도 없이 엄니의 눈치만 봐야 했다.

꽃향기

1. 벚꽃이 한가득

"다들 나와서 지둘리는 거 안 보이남? 근디 자네는 손가락이 그
게 뭔가? 보아 허니 쥐 잡아먹느라고 늦게 나왔구먼!"

"성님은 무신 말씀을 고로코롬 하신데유? 지가 무신 쥐를 잡아묵
었다고 해장부터 똥바가지 깨지는 소리를 하냐구유?"

"아니, 자네는 무신 말을 그렇게 혀? 똥바가지 깨지는 소리라니?
내가 아무리 서방이 옳기로서니 자네 윗사람이 아녀?"

"아, 지금 아주버님 안 계신 게 무신 상관이라고 끄떡하믄 갖다 붙인데유? 그렇지 않어유? 말끝마다 붙이니 말하기가 겁이 나네유. 그라구 말이 나와서 말이지, 지가 선배 아녀유? 성님보다 먼저 서방 보낸 지가 선배 맞잖어유."

"잉? 선배? 오디서 개 뚱 싸는 소리를 하고 자빠졌댜! 서방님 저승 간 지가 올매나 됐다구 풀 묵은 손톱을 뻘겋게 칠하고, 머리는 그게 뭐여? 그라구 내가 온제 끄떡하믄 저승 간 양반 데려다 붙여, 붙이긴?"

"무신 말만 허믄 아주버님 야그만 하던디, 뭘 그류? 그라구 지가 머리를 워치케 하든 성님이 몬 상관이래유?"

"아니, 이 사람이 듣자 듣자 허니께 못 허는 말이 읎구만! 내가 상관 안 허믄 자네 마당에 묶어 논 똥개가 허겄어? 아님 제금 난 새끼들이 허겄어?"

"아 참, 해장 댓바람부터 왜 그래쌌나 모르겠네. 아침을 못 자셨나. 오째 그러나 모르겠네."

"모르긴 뭘 물러?"

경북 청송이 고향인 염소집 아주머니와 전남 함평이 고향인 밤나무집 아주머니는 동서 간이다. 두 여인이 충청도 시골로 시집을 와서 알콩달콩 콩밭만 매다가 나이 예순에 영감님을 병으로, 사고로 떠나보냈다. 아랫동서가 먼저 과부가 되었고, 뒤를 이어 성님이 과부가 되었다.

과부 동서끼리 한동네 살면서 서로 등 긁어 주고, 밭농사도 함께 짓고, 밥도 같이 해 먹으며 사이좋게 지냈다. 그러다 동네 부녀회에서 우등 버스까지 대절해 군산으로 벚꽃놀이 가자며 새벽녘에 나섰다가 틀어진 것이다. 머리부터 발끝까지 변신한 동서가 여간 못마땅한 성님은 괜스레 저승 간 시동생 불러다가 옆구리에 딱 붙이고, 이게 또 못마땅한 아랫동서는 잔소리 끝에 저승 간 아주버님 불러다가 주둥이에 딱 붙이고.

어쩌다 맨 앞자리에 앉아서 군산 들어설 때까지 쌍방으로 구시렁거렸다. 운전기사만 이리저리 눈치 보다가 벚꽃이 한가득 눈으로 들어왔다는.

2. 꽃분홍 봄

장바닥 두드리는 뽕짝 소리 가득하고, 콧구멍을 후비며 들어오는 호떡 냄새에 배 속 골짜기에서는 물 흐르는 소리만 흘렀다. 장 구경이야 입으로 시작해서 입으로 끝난다. 길 가는 사람 붙잡아 한 사코 사라며 가격 흥정을 놀이로 여기고, 이리 살피고 저리 살피던 물건을 놓고 가면 뒷덜미에 대고 안 들리게 욕을 한 아름씩 내뱉어 주는 권법들이 난분분하다는 것!

꽃이 피고 새가 울면 방구석에 틀어박혀 TV만 시청하던 분들이 아이까지 잡고 업고 나와 둔갑술을 사용해 새가 되고 나비가 되어

휠휠 날아다닌다. 이렇게 봄볕이 따뜻하게 내리는 날이면 노오란 생강나무 꽃그늘 아래로 옷 장수들이 몸뻬 그득 싣고 좌판을 편다. 그중에서도 서울 동대문에서 직접 떼 와 펼쳐 놓은 꽃무늬 옷들이 많은 좌판으로 사람들이 몰린다. 주위를 몇 번이나 왔다 갔다 하며 꽃분홍 옷을 만지작거리던 할매가 마침내 옷 하나를 쥐어 들었다.

"쥔장, 이거 얼마나 혀?"
"얼만지는 이따 허시고, 가만히 보아 하니 옷이 적겠구먼요."
"적기는 머시 즉어! 안 즉어!"
"아이고, 지가 옷을 한두 번 팔아 본 사람도 아니고. 자세히 안 봐도 할매 몸이 크구만."
"아니랑께. 난 젖이 읎어서 안 즉어."
"젖이 읎긴. 할매가 달고 다니는 것은 그럼 뭐요?"
"저 냥반 눈이 젖에 달렸나베. 오째 넘들은 다 보는디 자네만 못 보는 겨, 잉? 잘 봐! 젖이 즉나, 안 즉나."

햇살을 탕탕 받아치던 옷 장수가 생강나무 꽃 터지듯 웃어 댔다. 할매는 꼭 그 옷을 사야겠다는 듯 손아귀에 움켜쥐고 놓을 생각을 하지 않았다.

"할배하고 자식새끼를 젖으로 키워서 이제는 배꼽에 딱 달라붙었당께. 오째 사람 말을 못 믿어. 까서 봬 줘야 알겄나."

"그럼 젖으로 키운 할배는 오따 두시고 혼자 요로코롬 댕기신 데유?"

할매 손끝이 하늘로 향했다. 허연 젖 물고 밤낮없이 속곳 속으로 들어왔던 손은 이미 백골이 되어 흙으로 돌아갔단다. 시린 꽃분홍 옷 위로 이 빠진 얼굴이 환하게 웃고 있는 봄날이었다.

"잔말 말고 이 옷이 얼마여?"

3. 꽃 방귀

봄기운이 완연하게 거실 안으로 들어오는 날이었다. 텔레비전에서는 늙은 시어머니를 무시하는 며느리가 손님이 오시면 방에서 꼼짝 말고 나오지 말라는 말을 아무렇지 않게 해 대고 있었다. 화면을 보던 엄니가 한숨을 내쉬며 엉덩이를 긁었다.

"저런 드라마 땜시롱 늙은이들이 대우를 못 받는 겨. 늙으면 이빨 빠진 호랑이가 돼서 뒷방으로 밀려난다는디, 나는 죽어도 싫어야. 입에 꿀 발라 놨간? 왜 헐 소리 못 하고 살어? 살믄 얼매나 산다고 그랴? 내가 백 년을 살어, 이백 년을 살어? 젊었을 때야 이것 가리고 저것 가리고, 가릴 거 다 가리고 살았지만, 지금 내가 걸리는 게 뭐 있간? 예쁘다고 젖 만져 줄 영감탱이가 있기를 혀, 아니믄 나 좋다고 뒷구녕 쫓아댕기는 영감탱이가 있기를 혀. 아무것도 읎는 디 뭐가 아쉬워서 입 가리고 눈 가리고 살어. 사램이 아쉬움 읎이 살다가 가야지, 그렇지 못하믄 저승 가서도 미련 남아서 구천을 떠도는 겨. 그러게 헐 소리는 허고 허지 말아야 헐 소리는 허지 말고, 적당히 새끼들 눈치 보믄서, 밥 묵으러 가자고 허믄 잘 따라가고, 놀러 가자고 하믄 놀러 가고, 쿵짝 맞춰 줘 가믄서 지랄헐 땐 해야 하는 겨. 긍께 너도 늙으면 하소연할 영감이라도 있어야 허니께 하나만 맹그러 와. 무신 말인지 알었지?"

"TV 보다 말고 왜 그렇게 흥분을 해? 엄마가 저 시어머니여? 그리고 엄마는 꼭 마무리가 나로 끝나?"

"뭐가? 언제 내가 흥분했다고 지랄이여. 너는 꼭 내가 약 되는 야그를 해주면 지랄허드라?"

"그게 약이여? 엄마가 아무리 그래도 내가 가고 싶어야 가지. 어거지로 민다고 가는 거 아니니께 그냥 텔레비전이나 봐."

"니년이나 저 테레비에서 지랄허는 년이나 다 똑같어. 늙으면 다 테레비나 보고 살아야 하는 겨? 시방 니가 니 인생 참견허지 말라구 지랄하는 겨?"

"내가 언제 그랬어. 그냥 텔레비전이나 보라고 했지. 참견하지 말라는 소리는 하지도 않았는데, 자꾸 어디서 갔다가 붙인데?"

"그려, 이년아! 나는 그 잘난 작가년 어미라서 잘 갓다가 붙인다. 왜? 뭐?"

꽃밭에서 풀풀 풍기고 있는 꽃향기들은 뒤로하고 엄니가 빵, 빵 뀌어 댄 방귀 냄새만 방 안에 가득했다.

주산 할매의
다비드상

경로당에 올 때마다 과부 할매들 입이 심심하다고 생과자를 한 봉다리씩 사 가지고 오던 주산 할매가 하루는 얼굴이 벌겋게 달아오른 채로 입이 싱글벙글하였다. 방에서 베개 하나씩 차지하고 누워 텔레비전을 보던 할매들이 주산 할매를 보고 무슨 좋은 일이 있느냐고 물었다.

"아, 글씨, 아들내미랑 조각 공원인가를 놀러 갔는디, 벌거벗은 남자들이 원체 많드라니께."

"그려? 그곳이 워딘디?"

"말하믄 아남? 나도 뺑글뺑글 돌아가서 잘 물러."

"목욕간도 아닌디 대낮에 벌거벗남? 그게 말이여, 똥이여?"

"글씨, 거시기 그게 돌을 깎어서 홀딱 벗은 남자를 맹그렀다니께. 거시기 다, 다……, 뭐라 했는디."

"눈이 호강혔겄구먼!"

"눈만 호강혔간? 손도 호강혔지."

"잉? 그럼 머여? 불알을 만졌어, 잉?"

"암만. 아따, 돌이라두 좋더구만!"

"굳은살 백인 손이 뭘 아남?"

"왜 물러? 다 알지. 엉덩이도 오째 그리 탱탱허게 맹그러 났나. 시방 생각혀도 오줌을 지린다니께."

"퍽이나 좋기도 허겄다. 맨날 영감탱이 거 만지믄서."

"영감 것은 암 것도 아녀."

"시답잖은 소리 하덜덜 말어."

"성님이 불알을 알어? 과부 된 지가 원제여? 워치께 생겼는지도 잊어뿌렀으믄서 아는 척은 겁나게 허지. 나는 지금도 알 수 있당께."

"아따, 주산 할망구는 조컸다. 밤낮으로 쪼그라진 거 만지느라 욕 보겄어!"

"성님들은 쪼그라진 것두 읎으믄서 말은 잘두 보텨."

가는 세월 잡을 수는 없고, 북 장사 세월없이 둥둥 두드린다는

데, 신상 복을 영감님 없어 나름 행복하다고 서로 등 두드리며 사는 과부 할매들 놀려 먹기에는 영감님 계신 할매가 선수라는 거!

조각 공원 둘러보고 온 주산 할매의 촉촉한 말씀에 경로당이 후끈 달아올랐다. 아부지 제사 떡 드리러 왔다가 주방에 서서 나가지도 못하고 처녀 가슴 후끈하게 달아오른 채로 온전하게 말씀 받든 날이다.

반달

    개다리소반 위에 죽 한 사발, 간장 한 종지를 받은 적이 있다. 몸살감기로 식음을 전폐하고 이부자리에 누워 꼼짝하지 않았던 그때. 세상에 나밖에 없다고 몸 비비며 눈물로 들창을 적셨던, 반달이 모로 누워 나를 바라보던 그날. 바깥일이 어찌 됐든 죽 먹고 일어나라고, 반달눈으로 환하게 웃던 할머니가 있었다.

    그러니까 15년 전쯤인가. 내 삶이 문지방 하나를 두고 왔다 갔다 하고 있을 즈음 그녀를 만났다. 아귀가 맞지 않는 문을 닫으려 하면 쿵쿵, 내 기침 소리처럼 흔들거리던 양철 지붕 집.

따로 갈 곳이 있었던 것은 아니었다. 그냥 좀 돌아다녀 보자고 배낭을 메고 산으로 들로 다녔다. 무엇을 얻으려고도 하지 않았다. 단지 내가 가진 짐을 덜어 내자고 했는데, 덜어 내기는커녕 마음의 어깨에 더 얹고 있었다. 나중에 안 일이지만 짐을 내려놓는 일이야 말로 보다 큰 마음의 바른 자세가 필요하다.

지나는 길옆 엉겅퀴도 나 같고, 바람 따라 들리는 뻐꾸기 소리도 내 소리 같고, 화들짝화들짝 뒤집히는 은사시나무의 이파리도 내 몸짓 같던 때. 몸살이 마음으로 덮쳤던 것일까. 가는 길 위에서 한 기를 느꼈고 어지러움에 구토까지 올라왔다.

수건으로 얼굴을 가리고 멀찌감치 서 있던 그녀가 쭈글쭈글 걸 어와 내 얼굴을 스윽 보더니 집으로 가자고 했다. 미안한 마음에 괜찮다고, 그늘에 앉아 쉬면 좋아질 거라고 애써 뿌리치고 느티나 무 그늘에서 쉬었던가, 버즘나무 아래에서 쉬었던가. 여하튼 그늘 언저리에 쭈그리고 앉아 가쁜 숨을 몰아쉬었다.

이대로 죽어도 좋겠다 싶었던 순간순간이 뭉게구름처럼 피어올 랐다. 고개를 숙이고 흐르는 땀을 닦을 새도 없이 그녀는 '색시, 가 서 물이라도 들라고' 하며 나를 일켰다. 어쩔 수 없이 따라갔다는 말은 거짓말이고, 그냥 어디든 가서 쉬고 싶었다. 나를 모르는 사람 이라면 더할 나위 없이 그 품에서 쉴 수 있을 것 같았다.

문지방을 넘어서기가 무섭게 잠을 잤다. 집을 볼 새도 없었고, 개 가 짖는지 고양이가 우는지 알 수도 없었다. 한참을 자고 눈을 뜨 자 개다리소반 위에 죽 한 사발 놓여 있었다. 그녀는 피우던 담배를 멀찌감치 치우고 나를 일으켜 앉혔다.

삐걱거리는 문짝 소리만 간간이 들리던 그녀의 집. 집은 우두커니 감나무처럼 서 있을 뿐 고요함만 내 안으로 들어왔다. 죽 한 사발 거뜬히 비우고 그녀를 바라봤다.

"아무도 없으니께 좀 더 쉬었다가 가도 괜찮어."

까맣게 풀물 든 손으로 이마를 짚어 주며 웃던 반달눈 할머니. 불혹에 할배 보내고 늘 혼자였다는 분.

하루를 머물렀던가, 이틀을 머물렀던가. 흔들리는 몸 끌어안아 짐처럼 짊어지고 가기가 어려웠지만, 몸도 주인 잘못 만나 이리 고생한다고 애써 달래며 신작로 위에 섰다. 그녀가 한 봉다리 싸 준 삶은 옥수수를 들고 땀 뻘뻘 흘리며 갔던 길.

지금 그 길 위에서 반달이 웃으며 나를 내려다본다.

쎄 빠지게 쓰믄
읽는 사람도 쎄 빠져

얼마 전부터 왼쪽 옆구리가 이상했다. 딱히 여기가 아프다고 할 만한 자리를 찾지 못한다는 것이 큰 문제였다. 조금씩 만져 가면서 나름 아픈 곳을 찾는다고 갖은 방법을 다 동원하였지만, 도대체 어느 곳이 집중적으로 아픈지 알 수가 없었다.

누구한테 말도 못 하고 혼자서 끙끙 앓다가 병원에 가 봐야지 마음을 먹은 게 토요일이었다. 그날 밤도 아픈 대로 잘 버티며 잠을 잘 수 있을 거라 생각했다. 한참을 달게 자는데 엄니가 흔들어 깨웠다.

"왜 그려? 오디 아퍼?"

"왜? 무슨 일 있어?"

"아니, 자면서 앓는 소리 땜시롱 깼구먼. 오디 아픈 겨?"

"안 아퍼. 언능 자."

"시끄런 소리 말고, 아프면 아프다고 말해야 쓸 것 아녀."

"그냥 옆구리가 좀 아파. 월요일에 병원 갈 거야. 걱정 말고 주무셔."

엄니 모르게 병원에 가려다가 자다 말고 엉뚱한 곳에서 들켜 버렸다. 사람에게는 만일이 있어 혹시나 늑막염이나 담석은 아닐까 하는 생각을 감추고 있었다.

아침에 일어나 엄니를 바라보니 제대로 주무신 얼굴이 아니었다. 주름살이 더 늘어나 축축 처져 있는 듯했다. 보나 안 보나 비디오라고, 새벽에 깬 이후 잠을 이루지 못하고 날을 꼬박 샜을 것이다.

휴일이라 병원 문을 연 곳은 종합병원 응급실뿐이라 그냥저냥 하루를 나고 있었다. 그러나 엄니는 좌불안석이었다. 방을 서성이기도 하고, 괜스레 나를 측은지심을 가지고 바라보기도 했다. 머리에 손을 얹고 누워 있기도 했고, 진통제를 삼키며 아픈 머리를 달래기도 했다. 잘 치던 컴퓨터 고스톱마저 멀리하고 온종일 내 옆에서 떨어질 줄을 몰랐다.

한두 살 먹은 애들도 아니고, 나이에 혹 하나 달고 먼 산으로 달리는 중인데도 엄니에게 나는 어린아이에 불과했다. 하긴 울 아부지 예순을 넘기고도 팔십 잡수신 할머니에게 물가에 내놓은 아이 같은 보호를 받았으니, 나는 새 발의 피 정도다.

엄니에게 멀었던 하루가 지나고 다음 날 병원에 가서 엑스레이를 찍었다. 다행히 아무 이상이 없다는 소리를 듣고 나서는 휴일 내내 조용했던 욕 사랑이 시작됐다. 당신 속이 꽤나 탔는지 쓴 내가 입에서 풀풀 나오고 있었다.

의사 선생님 말씀으로는 자세가 안 좋아서 나타나는 증상일 수도 있다고 했다. 더욱이 글 쓰는 사람한테는 앉는 자세에 따라 관절도 오고 디스크도 올 수 있다는 말에 엄니의 얼굴이 붉으락푸르락 달그락달그락거렸다. 병원에서 나와 한참을 차를 몰고 집으로 돌아오는데, 엄니가 찬찬히 나를 훑으시다 한 말씀 던지셨다.

"오째 글 쓰는 일이 그리 뒈지게 힘든 일이라서 몸뚱어리가 바닥인 겨?"

"난 힘들게 안 쓰는디!"

"지랄헌다. 니가? 어쩌다가 쳐다보믄 혼자서 똥 매려운 것맹키로 주리를 틀고 앉아 있더구먼."

"그 정도였어? 난 즐겁게 쓰는 편인디."

"그럼 글 쓰는 인간들은 너보다 더 심한 겨?"

"더하면 더했지, 덜한 분들은 없는 걸로 아는데."

"아따, 즐겁게 써야 읽는 사람도 즐겁지. 그리 쎄 빠지게 쓰믄 읽는 사람도 쎄 빠져서 오디 끝까정 읽기나 허겄어."

"글 쓰는 사람이 너무 착해지면 글 못 쓰는데."

"오디서 똥 싸는 소리를 허고 자빠졌냐. 그럼 도둑놈들은 글 잘 쓰겄다. 하두 나쁜 짓을 많이 허니께."

"그 소리가 아니잖어. 그냥 그런 것을 가지고 있어야 한다는 거야."

"나 원 참, 몬 소린지 못 알아먹겄구먼. 쓰잘데기 없는 소리 하덜 덜 말고, 아프믄 병원이나 잘 찾어댕겨. 그저 나이 묵으믄 병원이 가차이 있어야 허는 법이여. 여차허믄 바로 가야 허니께. 더군다나 니년은 혼자잖어. 정신 똑바로 챙기고 살어. 나이 먹을수록 가던 길도 두드리며 가야 혀. 안 그러믄 고꾸라지기 일쑤여."

아파봐야
정신 차리지!

아침에 일어나자마자 거울을 바라보는 일은 참으로 힘들다. 밤새 방 안을 방황했을 엄청난 모습을 제정신으로 바라보는 일에 익숙해지는 것은 애인이 없다든가, 결혼을 하지 않았을 때만이 가능하다. 이에 익숙하게 이를 닦는데 피가 틈새기에서 흘러나왔다.

어느 곳이 아픈지도 모르겠어서 어수선한 얼굴을 거울에 들이밀며 입속을 찬찬히 훑어보았다. 웬만한 곳은 갑옷을 입혀서 아무 이상이 없는데도 피가 나왔다. 오랜만에 치과 나들이라도 가 보자고 애써 나를 위로하며 차 열쇠를 들었다.

어찌하여 엄니는 내가 병원에 갈 때마다 일이 있는 것인가. 내내 컴퓨터 고스톱만 치다가도 내가 움직이면 꼭 일이 있다고 함께 가자 하신다. 진정 엄니는 내 그림자인가.

은행 일 본다며 함께 따라나선 엄니를 은행에 두고 슬쩍 치과로 향했다. 치과 의사의 스케일링하라는 말에 나도 모르게 겁먹은 소리가 나왔다.

"아, 그거 무쟈게 아픈데 어떻게 해요?"

입에서 말 떨어지기가 무섭게 밖에서 엄니의 목소리가 환청처럼 들렸다.

"저년은 늙어 집 팔아서 이빨을 해 봐야 정신 차리지. 집도 없으니 뭐 팔아서 할 겨."

분명 은행에 앉아 계시는 것을 봤는데 언제 따라왔는지, 순간 온몸에 소름이 돋았다. 허리를 모시고 다니는 양반이 어찌 걸음은 이다지도 빠른가. 치료하는 내내 엄니의 목소리가 귓가를 떠나지 않았다.

스케일링이 입속을 다 뒤집어 놓는 것이라 엄청 아프고, 피도 많이 나고, 여하튼 다시는 하고 싶지 않은데, 치과에서는 일 년에 한 번씩 꼭 받으라고 했다. 눈물과 핏물을 한 움큼 입에 물고 비비적거리며 꼭 받아야 하느냐고 물었다. 간호사보다 먼저 엄니의 거룩

한 말씀이 내 뒤통수를 때렸다.

"내 얘기를 귓구녕으로 들은 겨, 아님 시방 똥구녕으로 들은 겨?
왜? 늘그막에 틀니라도 끼고 싶은감? 오째, 노래허다가 쑥 빠져 봐
야 정신 차리는 겨?"

염소 할매,
바지에 똥 싸 부렀네

진순이가 발발거리며 지 집을 꼬랑지로 탕, 탕 쳐 댔다. 멀찌감치 떨어져 풀섶에 있던 흑염소가 진순이를 바라보며 풀을 씹고 있었다. '그래, 넌 열심히 짖어라. 난 내 갈 길로 가련다'라는 깊고 푸른 눈빛이 연신 씹고 있는 풀 냄새로 번지는 듯했다.

"저년이 또 뛰쳐나가 부렀네."

누구 이야기인가 뒤돌아보니 옆집 할매가 진순이를 바라보며 멀뚱멀뚱 서 있는 염소를 향해 삿대질을 하는 중이었다. 행여나 할매가 가리킨 저년이 나는 아닌가 싶은 생각이 들었다.

울 엄니는 속으로 내가 얼른 뛰쳐나가서 사내 하나 잡아 오길 바랄 것이라는 생각이 들자 웃음이 나왔다. 동물은 앞뒤 가리지 않고 우리 안에서 벗어나기를 바라며 틈새를 노리는데, 사지 멀쩡한 년이 방구들 붙잡고 세월아 네월아 바라볼 굴비도 없이 염천에 소금 알갱이 된 간장만 찍어 먹고 앉아 있으니, 바라보는 울 엄니 속이 얼마나 답답할까. 나가지 말고 까 놓은 새끼 지키고 있으라는 흑염소 년은 천지 분간 못하고 사방팔방 뛰어다니며 암내 풀풀 풍기시는데, 나는 정녕 무엇을 위하여 암내를 이리도 숨기고 있는 것인가?

"오째 집 안에 붙어 있지를 못허고 틈만 뵈면 뛰쳐나가서 승질을 돋구나 물러. 저 지랄 맞은 년! 언능 안 와! 똥 매려 죽겄구먼 여러 가지가 지랄이여!"

염소가 할매 말을 알아들을 일이 만무하고, 혹시나 염소 말로 음메에에에 하고 부른다면 꼬랑지로 엉덩이 후려치며 바라볼지도 모를 일. 할매가 몸뻬 허리춤을 꽉 휘어잡고 작대기 들어 대문 밖을 나서는데도 염소는 남의 집 불구경하듯이 멀뚱거릴 뿐이었다.

"언능 안 와! 쉬! 쉬! 언능 오란 말여!"

굽은 허리 받쳐 들고 염소 쫓는 일이 쉬운 일인가. 작대기로 벽
이란 벽은 죄다 치면서 음메에에 불러 대도 감감무소식이다. 여
러모로 방도를 구해도 찾을 도리가 없자 진순이 집 앞에서 쪽파 다
듬고 있던 나를 불러 세웠다.

"바쁜감? 아이고, 나 죽겠네."
"아뇨."
"그럼 저, 저그 저년 좀 이짝으로 쫓아 봐! 당체 혼자서는 못 해
먹겠어."

몇 발자국 걷지도 못하고 벽에 기대서서 헉헉거리는 할매 모습을
보고 있자니 마음이 거시기해서 다듬던 쪽파를 한쪽에 밀어 놓았다.

"저 썩을 년, 하여튼 틈만 보이믄 나가려고 들어. 내가 여그서 쫓
을 테니께 자네는 저짝서 쫓아 봐."

진순이 후리던 막대기를 들고 훠이, 훠이 소리를 질렀다. 이 염소
라는 짐승이 머리가 좋아서 할매가 쫓을 때는 풀만 씹으며 먼 산에
눈빛 걸치더니, 내가 일어나 막대기로 풀섶을 훑자 씹던 입을 멈추
고 가만히 나를 주시했다. 그렇다. 염소는 한층 젊은 내 존재를 허
투루 생각하지 않았다. 할매 걸음걸이로는 자기를 어찌할 수 없다
는 것을 너무나 잘 알고 있었다. 내가 양손에 쌍칼을 휘날리며 모

가지 나풀거리는 풀을 싹싹 베어 낼 듯한 눈빛을 강렬하게 내뿜으면서 자신을 몰아가리라는 것을 알고 있는 것이다.

염소가 한참을 나를 바라보다가 자리를 비켜 슬슬 걷기 시작했다. 염소 걸음걸이 속도로 나도 맞춰 걸었다. 그 팽팽한 긴장감을 여지없이 무너트리는 것은 염소 할매였다.

"아따, 이제는 겁나는가베. 자네가 무섭긴 무서운가 보구먼. 저리 슬금슬금 피하니."

일단 당당히 길을 나섰으나 염소가 어찌나 재빠른지 이리저리 뛰어도 뒤꽁무니 잡기가 여간 힘들지 않았다. 앞에서 할매가 막고 뒤에서 내가 쫓아도 이리저리 빠져나가는 동작이 미꾸라지보다 빨랐다. 우리에서는 염소 새끼들이 울고, 밖에서는 염소 어미가 운다.

염천에 이게 뭐하는 짓인지, 식은땀 뻘뻘 흘리며 소리를 버럭버럭 지르다가 엄한 진순이 머리를 한 대 치고 다시 염소를 쫓았다. 염소는 동네 밭에 심어 놓은 것들을 찬찬히 뜯어 자셔 가면서 사람 속을 있는 대로 뒤집어 놓았다. 그렇게 한참을 헉헉거리며 작대기로 마당을 치던 할매가 갑자기 한쪽 다리를 질질 끌면서 욕을 하는 것이 아닌가.

"이런 씨부랄, 싸 버렸네. 걷는 것도 지대로 못 허는디 큰일 났구먼. 싸는 것도 조절이 안 되니. 저년 땜시롱 이게 뭐여, 시상에."

할매 옆으로 쏜살같이 염소가 뛰어들고, 한참을 울어 대던 염소 새끼들은 어미를 보자마자 언제 울었느냐는 듯이 조용해졌다. 순식간에 아무 일이 없었다는 듯이 조용해졌지만, 나는 땀을 삐질삐질 흘리며 막대기 들고 우두커니 태양 아래 서 있었다. 그 모습이 하도 웃겨서 괜스레 진순이만 바라봤다.

세월

저녁 잘 드시고 뒷짐으로 개구리 울음소리 받쳐 든 채 휘청휘청
달빛 흩뿌리며 재동 할매네로 올라온 창덕 할매가 마당에 들어서
자마자 한숨 가득한 목소리를 툇마루에 올려놓았다.

"성님, 뭐하고 있소?"

"잉, 그냥 테레비 봐."

"그걸 왜 보고 있소. 자꾸 생각나게시리."

"여기 틀어도 저기 틀어도 죄다 이 야그뿐이구먼."

"그라믄 경로당으로 오시든지. 허구헌 날 그것만 보고 있으믄 맴이 편하겠소. 읎던 병도 생기겄구먼."

"아그들이 죄다 바닷속에 있다는디. 에휴, 저걸 어찌 보낸댜. 저 부모들 속이 말이 아닐 겨. 난 여즉도 못 보내고 있는디……. 속이 울렁거려서리 목구녕으로 물도 안 넘어가네."

"인자는 잊어버릴 때도 됐는디. 재동이 간 지가 오 년인디. 성님 그러다가 병 나믄 오쩌려고 그런다요. 성님, 이번에 쓰러지믄 자리 보전하다가 이승 뜰 텐디 조심하셔야지."

"나야 저승 가믄 좋지. 내 새끼도 보고……. 꿈에서도 보이고, 길을 가다가도 보이고, 눈에 선하게 밟혀서리, 먼저 간 영감은 생각도 안 나. 오째 아들보다 손자새끼가 이리 가슴에 남아 밤낮으로 대못을 치니……. 바닷속에서 아그들 몸이라도 찾아야 쓰는디, 구천을 떠돌면 안 되는디, 오째 저 윗사람들은 저리 굼벵이맹키로 있는지 몰러. 에휴, 세월이 가도 잊혀지지 않는디 저 부모들은 워쩔 겨. 질긴 목숨 죽으려 해도 죽어지지도 않어. 산 사람은 목구녕에 풀칠이라도 하믄서 나맹키로 산다니께."

"재동이가 원체 잘했으니께. 넘들도 다 아는 야그 아녀. 할매가 밭에 나가 일한다고 하믄 공부하다가 벌떡 일어나 호미 들고 나가는 애 아녔어."

"저눔들이 전부 다 내 새끼 같어. 그래서 오장육부가 다 뒤틀려야. 환장허게 꽃은 피는데, 환장허게 내 새끼들이 가네. 시상이 그런가베. 가난하고 착한 사람들만 잡아가야. 그 동네가 공장이 많은

데라면서? 큰눔도 공장에서 일하는디, 오째 잘 지내나 모르겠어."

"인제 그만 좀 봐유. 당체 테레비가 사램 맴 병나게 하는구먼. 오째 그리 사램이 여물지를 못허는지 모르겄네. 나도 영감 보내고 아들이라고 있는 것은 새끼들 씨 뿌린 채 이혼했는디도 이리 사는구면."

"믿고 의지하던 손자새끼 보내 봐. 시신도 못 찾고……. 아이고, 내 새끼 오디서 거리 죽음 한 겨. 그때 보내지 말았어야 혔어. 꿈자리가 뒤숭숭했응께. 다 내 탓이여. 이 늙은 몸뚱어리를 데려가지, 왜 생때같은 내 새끼를 데려갔나 모르겄어."

"말해 뭐한데유, 입만 아프지. 내내 잘 있더니 무신 바람이 불어서리 친구들허고 바다낚시 간다고 혔는지, 알다가두 모를 일이라니께. 지 할매가 그리 말렸으믄 좀 들어 먹었어야지. 오째 우기지도 않던 애가 그때는 뭐에 쓰였나, 꼭 가야 한다고 가방까지 들고 나가더니만."

"네 놈이 갔는디 두 놈만 왔당께. 바다 거리 죽음이 아니고 뭐여, 이게 시방. 지 어미 만나 잘 있겄지, 동상? 그러겄지? 우리 재동이?"

"잘 있을 겨. 그놈이 워떤 놈이여. 부처님 계신 곳에서 웃으며 있을 겨. 걱정 접어 두고 성님이나 방에 군불이라도 때고 살어. 이게 뭐여, 냉골에……. 아무리 봄볕이 뜨겁기로서니 노인네 몸은 오뉴월에도 챙기라고 혔어. 장작더미 쌓아 놓고 제사 지내는 것도 아니고, 그러지 말고 맴 편히 잡수셔. 저 바닷속에 있는 새끼덜 생각혀서리 목구녕에 밥알이라도 넘겨야 쓸 것 아녀."

"자네 같으면 밥알이 목구녕에 넘어가남?"

"왜 안 넘어가. 영감탱이 저승길 가는 거 뻔히 보고 있는디, 글씨, 넘어가는 게 밥알이고 나오는 게 하품이더구만. 난 방구가 줄줄줄 나오는디 미치겄드라고. 오장육부가 허는 일을 막을 수도 읎고, 참말로."

"그러게 말여. 사램이 요상허다니께. 가슴이 미어터지는데도 잠이 오더라니께. 참말로 이런 미련한 것이 사램이여."

"테레비 끄고 우리 집에서 자는 게 워뗘?"

"가. 난 그냥 여그서 잘랑께."

"아따, 내가 시방 맨날 자자 그려요? 내가 적적해서 그렇당께. 뭔일인지 잠도 안 오고, 소쩍새 우는 소리도 여간 심란한 것이 아녀."

"시상이 이리 시끄러운디 잠이 오겄어. 그냥 나는 혼자 잘라네."

"아따, 그러지 마시고 나랑 자자니께. 영감 거시기도 생각나고, 당체 그려."

"무신 소리여? 오디 가서 그런 말 허지 말어. 자네 깐본단 말여. 자래 상종 할매 귀에 들어가믄 읎는 말도 맹글어 모터 달고 다다다 다다 허니께 당체 하덜 말어. 입단속 잘하라구."

"아이고, 우리 성님이 이제야 지자리로 왔구먼. 나는 이래서 성님이 좋아유. 나 생각해 주는 사람은 성님밖에 읎잖어. 자식새끼덜은 지들 사느라 일 년에 한 번 꼴도 보기 어려운디, 성님은 맨날 나만 챙겨 주잖어. 나 죽을 때나 찾아와 울어 줄랑가도 모르겄어. 에휴, 그람 나가 성님 집에서 자야 쓰겄네. 집에 불 끄고 올테니께 성님은 군불 좀 때고 있슈."

부랴부랴 집으로 향하는 창덕 할매를 뒤로하고 재동 할매가 다시 텔레비전으로 눈을 돌렸다. 한참을 바라보더니 눈물이 주름 사이로 흘러내렸다. 풀물 든 시꺼먼 손가락으로 바다를 쓸어내렸다.

"아가, 재동아……."

소쩍새가 봄밤 문창살을 심하게 두드리자 후두두 떨어지던 것이 달빛이었을까? 바람에 흔들리는 참나무 그늘이었을까?

* 죄송합니다. 두 손 모으고 가슴으로 기도하겠습니다. 잊지 않겠습니다.

꽃 피는 것들은 죄다 년이여

초판 1쇄 인쇄 2014년 8월 5일
초판 1쇄 발행 2014년 8월 12일

지은이 박경희

펴낸이 박세현
펴낸곳 서랍의날씨

기획위원 김근 · 이영주
편집 김종훈 · 이선희
디자인 강진영
영업 전창열

주소 (우)121-250 서울시 마포구 성산동 275-60번지 교흥빌딩 305호
전화 070-8821-4312 | **팩스** 02-6008-4318
이메일 fandombooks@naver.com
블로그 http://blog.naver.com/fandombooks

등록번호 제25100-2010-154호

ISBN 978-89-94792-91-0 03810

서랍의날씨는 팬덤북스의 인문·문학 브랜드입니다.